▲ 1937 年回国赴延安时用的证件照

▲ 1938 年于鲁艺留影后寄给远在印尼的母亲

▲ 1943 年结婚时夫人徐竞辞作素描像

▲ 1950 年赴港公干留影，1979 年写《忆》作为纪念

▲ 1957 年 12 月在武汉，本月写《雾中汉水》

▲与艾青（左）、江丰（右）在北京

▲1975年2月在福建永安，本月写《祈求》

▲与围绕在《今天》诗刊的诗人北岛、芒克、舒婷等在京郊

▲1977 年与北岛（左）、舒婷（右）在长城上

▲1978 年与旅美作家聂华苓夫妇

▲与诗人顾城在北京

▲ 1979 年初，一批诗人、作家在鲁迅纪念馆

▲ 1983 年与夫人重回延安，写了《山的呼唤》

▲ 1984 年在神农架与幸存的铁坚杉留影，同年写了《神农架问答》

▲与诗人傅天琳、白桦、孙静轩（从左到右）在一起

▲与应红、舒婷、郭风（从左到右）在福建

▲诗以外最爱摄影

▲新世纪初于海边赏贝

▲ 2002 年 5 月与陶然、舒婷在福州

▲ 2004 年与舒婷、邵燕祥、牛汉、刘祖慈、曲有源（从左到右）在泉州师院

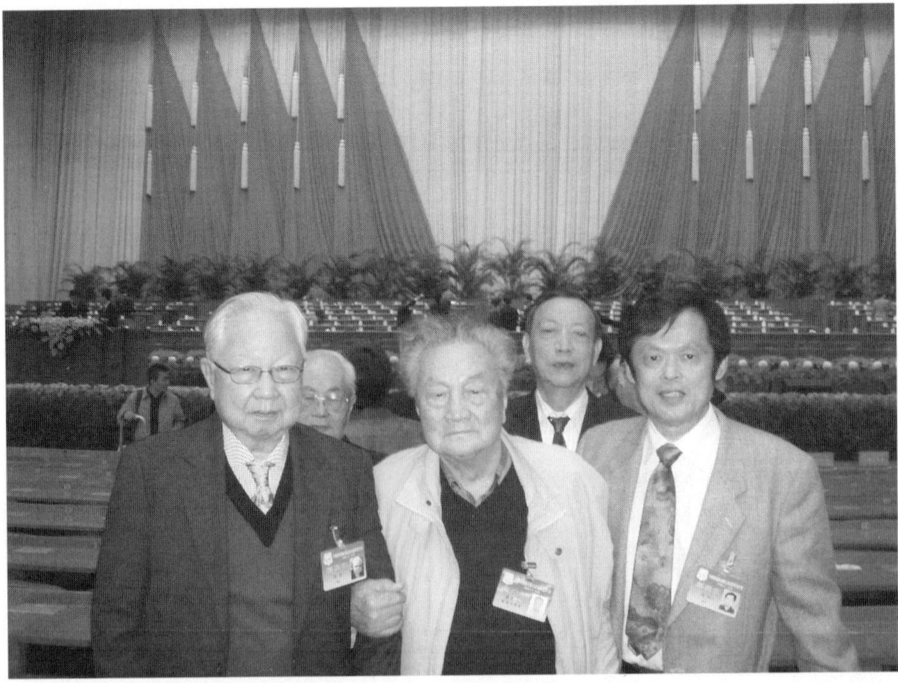

▲ 2006 年底与黎青（左）、陶然（右）等摄于第七次作代会

『百年新诗』丛书

痛苦地跋涉

TONGKU DE BASHE

——蔡其矫诗歌精选

蔡其矫 著 蔡三强 编

语文出版社
·北京·

图书在版编目（CIP）数据

痛苦地跋涉. 蔡其矫诗歌精选 / 蔡其矫著 ; 蔡三强编. — 北京 : 语文出版社, 2018.10
ISBN 978-7-5187-0681-5

Ⅰ. ①痛… Ⅱ. ①蔡… ②蔡… Ⅲ. ①诗集—中国—当代 Ⅳ. ①I227

中国版本图书馆CIP数据核字(2018)第195152号

责任编辑 冀丽萍
封面设计 吴燕妮
出　　版 语文出版社
地　　址 北京市东城区朝阳门内南小街51号　100010
电子信箱 ywcbsywp@163.com
排　　版 北京九章文化有限公司
印刷装订 北京市科星印刷有限责任公司
发　　行 语文出版社　新华书店经销
规　　格 890mm×1240mm
开　　本 A5
印　　张 12　4插页
字　　数 185千字
版　　次 2018年10月第1版
印　　次 2018年10月第1次印刷
定　　价 48.00元

010-65253954(咨询) 010-65251033(购书) 010-65250075(印装质量)

特别的蔡其矫

（代序）

谢　冕

一

在中国新诗界，蔡其矫是一位很特别的人物。其实，他的为人，说平淡也平淡——他是一个随和、洒脱甚至有些散淡的人；而他的经历，说奇兀也奇兀——他是印尼华侨，早年从国外回来参加抗日战争，成为革命者。但是他命运多舛，在相当长的岁月里，屡遭批判。甚至到今日，尽管他的诗歌创作成就卓著，世人皆知，却依然徘徊于“边缘”，始终是一位“面目模糊”的、容易引起争议的人物。

我认识蔡其矫先生是在 20 世纪 80 年代，而阅读他的作品则始于 50 年代。我最初读他的《南曲》，被它的美丽和忧伤所征服。在言论一律、思想一律的年代，它对一个文学青年的心灵，不仅是征服，也不仅是震撼，甚至带来了一种惊恐——是美被发现与被展示的一种惊恐。后来读《川江号子》，读《雾中汉水》，感到蔡其矫是这样的与众不同，他不仅仅是美丽，而且更是一种英勇了。与这种阅读相伴而来的，是我所知道的对他无休无止的冷遇与批判。蔡其矫沉默地接受了这一切，他没有公开抗辩，他在内心深处坚持着。这样的时间很漫长，漫长得让人痛苦。

早年的蔡其矫，为神圣的使命所召唤，从蕉风椰雨的热带国度，横渡马六甲海峡，经新加坡、缅甸，

蔡其矫与谢冕

历尽艰苦，终于汇入了抗战的洪流。他被中国革命的壮丽景色所吸引，如使徒之奔往圣地。辗转曲折到了延安，再由延安行程三千余里，到了晋察冀根据地。这些经历不可谓不奇。《肉搏》与其说是一首诗，不如说是一尊让人惊心动魄的悲壮的雕塑。而《兵车在急雨中前进》和《炮队》，则是充满动感的战神驾着战车隆隆前进的连续性的画面。这些发自20世纪40年代的激越的声音，都是作为革命者的诗人蔡其矫的最好证明。

但蔡其矫又不是一般意义上的此类诗人。在那些崇尚集体意识而漠视个性的年代，他对艺术的忠诚以及对美的倾心，因个性化的创造性的坚持和突现，而使他的存在显得格外突出。他无疑是保持了纯粹性最多的一位诗人。因为保持得最多，所以他又成为距离这一庄严称谓以及它所拥有的品质最接近的一位诗人。正是由于这些原因，给他的人生增添了许多灾难性的，甚至有点传奇的色彩。从这个意义上看，这位诗人的经历又是很不平常的。

蔡其矫幼年即受到中国古典诗文的熏陶，有很高的古典文学的修养，他特别喜爱李白和苏轼的狂放和浪漫。后来读到英文版的惠特曼的《草叶集》，受到极大的启示，认为是找到了适合的诗的方式。他对惠特曼的创作和生平有过专门的研究，并得到公木先生的肯定。后来又从惠特曼转向聂鲁达，译过聂鲁达的诗。广泛的阅读使他能够博采众长，但他的审美追求倾向于自由洒脱一路。

从蔡其矫的生平和创作的情况看，展现在我们面前的，是一位一手举剑、一手举着玫瑰的典型的、传统诗人的形象。他一生追求真理和进步，有维护公正和正义而歌唱的激情；他又渴望自由，解放个性，怡情山水，淡泊名利，一生乐于名山大川间的壮游。由于钟情爱与美的女神，而与当时的整体氛围相悖，他于是久不见容于“主流”诗界。但他依然我行我素，在严酷的年代里，写着自以为是的诗。这种坚持体现了作为一个诗人的最重要的品质，也为蔡其矫赢得了历时愈久愈确定的诗名。

20 世纪 50 年代以后，诗歌创作的环境有着异乎寻常的严重。蔡其矫在那个年代里，依然按照自己的意愿进行创作，当然也需要付出沉重的代价。短暂的“百花时代”过去以后，1957 年正是山雨欲来的严峻时刻。这一年，他被大海浩瀚所激动，写了许多关于海洋的诗。他几乎不顾当日眼前耳畔正在生发的激烈风云，仍然一味地沉浸于爱与美的讴歌之中。这一年他写《红豆》，诗的最后高呼：“星辰万岁！少女万岁！爱情和青春万岁！”在当时，别说写了，就是读到这样的诗句，也会让人紧张得心惊肉跳的。同年写《相思树梦见石榴花》，说那梦永远无声，“为的是怕花早谢，怕树悲伤”，这一种柔情蜜意也与那时代的气氛不和谐。

反右派的1957年，这一年漫山遍野的苦雨凄风，似乎没有进入诗人的眼帘。他依然故我，按照他的所思所想写他的所见所闻。特别是那一首《雾中汉水》，写“艰难上升的早晨的红日，不忍心看这痛苦的跋涉，用雾巾遮住颜脸，向江上洒下斑斑红泪”。在那个政治情绪高昂的年代，他以特有的“低沉”的声音，表达了作为纯粹诗人的高贵品质。

堪称是《雾中汉水》姐妹篇的《川江号子》，写于1958年。“大跃进”的狂热年代，在他的诗中，却是一阵又一阵的“碎裂人心的呼号”，是“悲歌的回声在震荡”，是几千年无人倾听的静默。在那样的年代写这样的诗，也许需要的不再是才华，更重要的是良知。据说那也是一个“诗歌大跃进”的年代，但那年代的风行一时的诗，都随着岁月流逝得无影无踪了。而蔡其矫这首当年被激烈攻击的诗篇，却被保留了下来。

二

他生前就是一个游荡四方的人，来去了无牵挂，多半是信马由缰。他走到哪里，就把诗写到哪里，并和那里美丽的女性合影，而后，满载着这些美丽的收获快乐地回来，再筹划着下一次远行。有美女做伴，有诗歌和花朵做伴，再艰难的旅途，他也视为欢乐。人们看到的就是这么一个快乐的蔡诗人。他的生活中几乎没有忧愁，整天乐呵呵的。其实他何曾没有？他本是个常人，常人有的他也会有，只是他有能力消解。和常人不同的是，他愿为自己的行为承受。为了爱一个人，甚至只是为了一个吻，即使是坐牢，他也情愿。

文学界的人都知道，他是一只候鸟，北京和福建他都有“窝”。天冷了往北飞，天暖了往南飞。这大概与自然界的鸟类是反向的，因为北京的“窝”里有暖气，冬天相对暖和。他就是这么飞着，写着，快乐着。我到过蔡诗人的园坂“老窝”，诗人把整条河沟修成了一座花园。他飞到南方了，就找时间在这里种花，从各地移来名贵的花，装饰了园坂的整条山涧。他让自己的老屋掩映在浓浓的花荫之中。

其实他是经历过苦难的。那年他为了一次不被理解，也不被宽恕的爱情，自己挑着行李，走在被押解的服刑的路上，那时他内心一定装满了辛酸。现在反观王炳根笔下描写的那样的行旅，倒真像是一个使徒行走在朝圣的路上。爱与美是他终生服膺的目标，为了这，他可以从容面对旷古的哀愁甚至屈辱。他一生写诗，其实就是一生寻美。当他的这种寻求受到曲解、压抑，甚至轻蔑的时候，他何曾没有愤怒，何曾不思抗争？但成熟的人生经验帮他化解了旁人难以承受的困厄。

我曾把蔡其矫形容为闲云野鹤。他毕生追求作为诗的至高的境界：自由。在不自由的年代，这种追求意味着异端和另类，是注定不会有好结果的。蔡其矫一生的悲剧性遭遇，其源盖出于此。但是我们的诗人即使面对灾难，也不曾妥协和屈服。诗人年逾八十，依然以自行车代步。在福州如此，在北京也如此。朋友告诉我，跟他一起骑车真是惊心动魄，因为他不看红绿灯，在十字路口横冲直撞。这就是蔡其矫，无拘无束的、散淡而自由的蔡其矫。

他是个独行侠。他喜欢一个人行走，即使岁数大了也不改初衷，从青海湖到吐鲁番，天南地北，他总是一个人背着行囊，走了一路，写了一路。每次远行，他总有好诗带回来，当然，也带回了许多美女的照片。这个人始终生活在自己的天国里，写着不合时宜的、自以为是的诗。在意识形态严密控制的年代，他的写作不仅为当局所不容，而且也为同行所轻蔑。而蔡其矫依然我行我素。当然，逼迫得紧了，有时他也随众，例如他也写过“新民歌”。那真是应了那句名言：演反面人物演久了，演正面人物总也不像。

这样“随众”的时候毕竟不多，几乎在新中国成立之后的所有时间里，他都在写那种自以为是的“蔡其矫体”。他的歌唱方式来自李白，来自惠特曼，也来自聂鲁达。虽然他也倾心于将中国的古典化为现代（例如实验新诗的“绝句”），但他几乎把所有的努力都贡献于自由体。这是最能体现他的艺术个性的方式。

他在实践这一切的时候，从容，自信，坚定，而且一以贯之。而在他的周围，一会儿是这个“号召”，一会儿又是另一个“提倡”，他都置若罔闻。还是写他的红豆、南曲、少女和星星。你要是在那个时代生活过，你就会知道那时能喊出“少女万岁”那石破天惊的声音的，要有多大的无畏的勇气！

说蔡其矫是唯美的，这大体没错。但是要是认为他不问世情，不辨是非，那可是大错。他是把批判的尖刺隐藏在他对美丽的倾心之中。但看这样写在动乱年月中的诗句：“我祈求歌声发自各人胸中／没有谁制造模式／为所有的音调规定高低”，便可从中窥见诗人的批判的热情和锐气。我们在蔡其矫的所有创作中很难找到公式化的标语口号，更找不到“假大空”。这在舆论一律的年代，本身就是奇迹。他始终被认为是“不革命”的和创作倾向有问题的诗人，他承受着压力，但他没有屈服。当然，他也为此付出了代价。

我总认为一个诗人的写作不在数量，即使是伟大的诗人，他的一生创作能被人记住并加以传诵的，往往只有几首，最多也不过十几首。许多人不明白这个道理，他们的作品泛滥成灾。最近我常想中国内地 20 世纪 50 年代以来的诗歌创作，许多应时之作以及声名喧腾的诗人，都湮没在历史的风烟中了。而经历过世事沧桑仍保留在人们的记忆中的，只有为数寥寥的几首诗。我们的蔡诗人有幸，他的《川江号子》，他的《雾中汉水》，还有他的《祈求》，成了严酷岁月中的珍贵典藏。

三

蔡其矫说过，“我总是一个平常人，过普通的生活，爱和恨都不掩饰”。他的这些平平常常的话感动了我。他所说的，几乎也是我所追求的。做一个真实的、本色的、普普通通的人，我认为是很高的境界。在我们生活的年代，做一个英雄很难，做一个普通人也不易。大胆地去爱，去生活，按照自己的愿望和方式；敢于说出自己的喜悦和祈求，表达自己的悲哀和愤懑，用公开的或隐蔽的方式。这些，蔡其矫做到了，我做不到。所以，他不仅是智者，也是强者。

在政治吞噬和强暴艺术的年代，他智慧地穿行在险峻的缝隙里。在蔑视和扼杀真诚的情感的年代，他勇敢地向自己所爱的女性亲近。他为此付出了代价，但他赢得了美丽的人生。我们敬佩蔡其矫的勇气，我们也羡慕他的幸福。但我们却往往因为懦弱和卑怯而无法到达和拥有。

蔡其矫是特别的，蔡其矫也是独特的。他是神仙一般的人，云游天下，看美丽的山川，也看美丽的女人，写着美丽的诗。他经历苦难，他感受压迫，但他把一切的丑恶和不幸转化为美丽。他的人很特别，他的诗也特别。在中国，千篇一律的诗太多，千篇一律的诗人也太多。

蔡其矫是闲云野鹤。牛汉先生说他“飘逸”，我说他“委婉”。他不强烈，但不是没有强烈，他的强烈是内敛的；他不奔放，但不是没有奔放，他的奔放是潜藏的。他是一条地下河，地面上芳草萋萋，花枝摇曳，而地层下却是惊心动魄的激流。所以，飘逸的蔡其矫，委婉的蔡其矫和坚韧的、顽强的、热烈的蔡其矫是一致的。他造出了中国诗歌天空的一道特殊的风景，他是一个奇迹。

人的阅历愈多，对生命的感悟也愈深。蔡其矫说过这样的话：“生命即使是伟大而勇敢，也难以到达成功。没有谁能够保护我们，只有靠自己的力量支持到最后一息。”又说，“即使成功了，也都有寂寞之感，并都在尽力掩饰这种孤独感。——深沉的、透入心底的孤寂，是诗人异于常人必须付出的代价。”蔡其矫是一位深知生命真谛的人，他说过，“生命在于贡献，也在于享受。生命既不给我们快乐，也不给我们忧伤。

蔡其矫与牛汉、曾卓、郑敏、屠岸几位诗人（从左到右）在一起

以自己的力量按照内心的规范建立起生活。我的快乐是梦境的快乐，所拥有的快乐别人看不见。美都是瞬间到来，瞬间消逝，在美面前，既感到快乐，也感到悲哀。它是多么娇嫩，又多么难存！”

在痛苦中寻求快乐，在孤独和寂寞中捕捉那稍瞬即逝的美，并使之在自己的诗歌中永存，这是蔡其矫给予我们的启示。

蔡其矫就是这样一位特别的诗人。他始终面带微笑，对着那无边的苦难。即使是在非常丑陋的年月，他的诗中也会有美好的花朵和灿烂的笑容。他把身外的一切看得淡漠，而美高于一切！历史是公正的，时间最有耐心，不应当丧失的东西，经过时间的考验，终将补偿那丧失。

（原载《福建文学》2016 年第 1 期）

目　录

辑二　自然

辑三　情诉

辑四　乡土

辑五　译诗

辑一　人　生

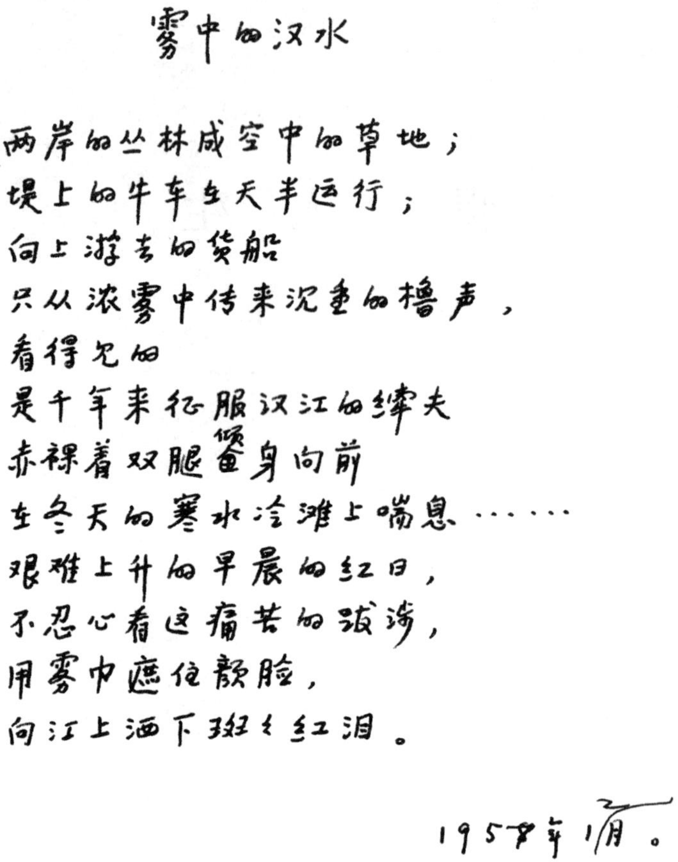

雾中的汉水

两岸的丛林成空中的草地；
堤上的牛车在天半运行；
向上游去的货船
只从浓雾中传来沉重的橹声，
看得见的
是千年来征服汉江的纤夫
赤裸着双腿倾身向前
在冬天的寒水冷滩上喘息……
艰难上升的早晨的红日，
不忍心看这痛苦的跋涉，
用雾巾遮住额脸，
向江上洒下斑斑红泪。

1958年1月。

《雾中汉水》手迹

哀　　葬

一

今天我们要安葬亲爱的县长，
亲爱的县长他做了光荣的牺牲，
他给我们留下一个勇敢的榜样，
他就此结束了霸天下英雄的事业。

从数十里外，那些哀伤的人民
带着悲伤的脸容，自动集合起来，
成群地跋涉在静寂的旷野里，
沉重的云块低低地垂下……

在预定的地点，有人正在挖墓穴，
大粒的汗珠挂在脸上，
又沿着深深的皱纹滴落。
我们没有丰裕的礼物祭奠你呀！
没有酒菜，没有香烛，没有盛大的典仪；
我们的心，只长记忆你们斗争的意志。

二

你是我们第一任的人民县长。
在那艰难困苦的日子里，
你不停地工作与斗争。
你说："我们的棉花不能卖给敌人！"
于是在那偏僻的地带，
纺织工厂就在地窖内开起工来。
你又说："武装保卫我们的粮食！"
那时，麦穗在四境织成宽阔的海洋，
你来了，身上穿着布衣裳，
黄昏的时候召集我们讲话，而晚上
你和我们一道躺在繁星的露天下，
你瞅望着蓝色的夜雾
和静谧的麦海，
低声地跟我们话家常。
而我们一夜全睡不着，
这日子也真令人太容易兴奋啦！

今年，又是麦穗黄熟的时节，
为了检查工作你来杨家庄开会。
杨家庄离城五里，那是危险地带，

青抗先[1]早有布防，用忠诚的心保卫你。
但在今日，却也有人反对你，
杨家庄是隐藏有反叛的心呀！
当你开会开到末了，
杨家庄已被敌兵包围，
青抗先来不及抵抗，枪声已到街前，
人们冲到门口，刺刀已直指胸膛，
在屋里的人都做了俘虏，
一个家伙指着你说：
“这是县长！”

敌人捕获了你，他多快活呀！
这比什么都好，比打一次胜仗，
比占一个村镇，比抢千担粮食都好！
他想降服你，收买你，
作为他统治广大地域的手臂。
像蜂蜜似的是那罪恶的诱惑，
像黄金般灿烂是那成串的允许，
然而你，我们敬爱的县长，
你，正直地

---

① 抗日战争时期青年抗日先锋队的简称。

发出冷笑和斥责，表现不屈民族的尊严。
我们为你的正气和坚贞而鼓舞；
我们把你比作那抗拒元兵的
临死高歌的伟大的文天祥。

敌人一切诱降失败后，
就拿出最下流、最无耻的计策；
一个妓女，“皇军”最可靠的女人，
在敌人指派下来到你面前。
啊，我们敬爱的县长！
你从容地接见了她。
你是我们所最信服的演说家，
你用你的智慧，用你的声音，
说服了多少诚实的心呀！
现在，你对着这被拨弄的女人，
说服她，用同情与崇高的、宽大的精神！

啊，这可怜的妇女，
过着的是被侮辱被蹂躏的日子，
人类的自尊对于她无知的头脑，
正像千里外的亲人那样从不来访。
而现在，她在你面前哭了！

在你面前，她了解做人的意义。
当天夜里，她逃跑了，
依照你的指示，她一直投奔我妇救会。
当我们从她的诉说中
知道你的精神和你的意志，
我们是更加激动了，
我们要救出我们的县长，
我们需要你，正直而勇敢的县长呀！

第二天，敌人慌张了，
到处找不见那可靠的女人。
一切诱降的梦破灭了，
立刻撕下他虚伪的面幕，
用大队的武装把你押走。
穿过那颓败的房屋和狭小的街道，
无数的人站在路边，
你向他们诉说，你向他们呼吁，
于是无数沉重的脚步跟着你……
在那城墙下，已经新挖了一个坑，
你就被推到坑头上。

这时，城门口出来了一个骑马的人，

一个伪县长，挂着一副哭丧的脸，
卑微地弯下腰来，对你说：
“你投降吧，我给你最后的机会。”
你恼怒了，
你高声大喊：
“中国人不当亡国奴！”
你把眼睛扫向永远的人群。
突然，有一个声音，从人群中发出：
“县长！你的话我们听到了！”
人群里到处起了骚乱，
“皇军”赫赫地包围了人群，
枪声尖锐地刺痛着人心……

啊啊！你牺牲了！
像雷声一样，这消息传遍所有的乡村，
所有的人都在愤恨，
所有的人按不住悲痛的心，
简单的演说，最大的哀情，
所有的乡村全像暴风雨中
悲号叫嚣的被鞭打的树林！

晚上。没有星星，没有月亮。

我们带着枪，带着镢头，
风驰电掣地来到城边，
一队人爬上城墙猛烈地袭击，
一队人小心地挖掘你的坟墓，
小心地抬起你的身体，
向来的道路奔驰，
向无边的黑夜奔驰，
草木全在滴泪。

三

亲爱的县长，我们还不能更好地安葬你，
一口棺木，一堆黄土，一块白石的墓碑，
在你墓前，两千民众聚集着，
静默地站立在茫茫的旷野里……

1941 年，晋察冀

肉　　搏

白色的阳光照在高高的山上，
在那里，剧烈的战斗正在进行。

近旁，那青铜的军号悲壮地响起，
冲锋的军号，以庄严的声音，鼓舞我们的士兵。

一个青年，我们团里的一个新兵，
飞似的前进，子弹在脚下扬起缕缕烟尘。
而在山岩后，一个日本军曹迎上来。

于是开始了惊心动魄的肉搏战！
军号还在吹，山谷震响着喊杀声……

交锋几个回合，那青年猛力刺了一刀，
敌人来不及回避，也把刺刀迎面刺来，
两把刺刀同时刺了两人的胸膛，
两个人全静止般地对峙着。啊！决死的斗争！

只因为勇士的刺刀比日本人的刺刀短几分，
才没有叫颤栗的敌人倒下来，
我们的勇士没有时间思索，有的是决心，
他猛力把胸膛往前一挺，让敌人的刺刀穿过背梁，
勇士的刺刀同时深深刺入敌人的胸脯，
敌人倒下，勇士站立着。山谷顿时寂静。

第二年，在那流血的地方来了一只鹰，
它瞅望着，盘旋着，要栖息在英雄的坟墓上；
它仿佛是英雄的化身，不忍离开故乡的山谷。
过路的士兵呀！请举起你的手向它致敬。

1942 年

兵车在急雨中前进

兵车在急雨中前进，
飘扬起士兵的歌声；
这歌声是勇敢的战约，神圣的誓言；
这歌声是人民的呼唤，家乡的祝福，
是自由与正义的声音！
为人民去战斗，一切人都成大勇者！
兵车在急驰，带着歌声向前去，
头上是低垂的云雾，
脚下是怒潮似的轮声，
汽笛便是万众的欢呼，
草舍，山丘，牧野，都一齐回应，
轮声，笛声，歌声笼罩四野，
人民的大军在前进！

1946 年

告别北京

有多少次分别，
在我们一生中发生过？
有多少离情，
在这不平凡的时代
屡次触动我们的心？

那不再的岁月，
那动荡的年代，
战争揭开我们的眼帘，
红旗在风雪中召唤，
和出生的茅屋告别吧！
和童年嬉戏的树荫告别吧！
歌声中洒下几滴难分难舍的热泪。
在那些日子里，
谁没有在匆匆出发的深夜，
紧紧地握着爱人的手，
集合哨已吹了几遍，
步声在门外催促，
三言两语回转迷蒙的眼瞳，

战争的急流一泻千里，
经年累月只有在梦中相会！

这一切都已成过去……
钟声又在早晨响起。
我们又要踏上新的征途，
选择这决定的是我们自己。

照旧是分别，
但时代已不同。
亲爱的北京，
这一回轮到要和你分手，
也许是最困难！
但是我看到
无数的人正在万里长途上跋涉，
鼓舞他们的
是那富强祖国的信念。
这时代最动人的建设，
像春天的花朵开遍祖国大地
即使最偏僻的山村，
那伟大的思想也在发光。
我不能在这个时候

依然出入厅堂之间
做一个无忧的王子。
我的心向我呼喊：
和他们一起前进吧！
和他们一起在风中雨中
在烟里水里
为光辉大厦的建成
献出自己的一砖一石吧！

我羡慕，我热爱
这建设队伍中新的一代。
从他们眼中
我看见的总是扬帆的船
和张翅的鹰。
每一天的生活，
都是新的出发。
我策励自己
有一个年轻的生命
固然值得骄矜，
但能想到自己的心永远年轻
岂不是更有无穷的欢欣。
让我经得住时代的重荷，

每一天都生长力量！
让我赶上他们，
现在当为时不晚！
让我回转临别的凝视，
用断然的声音对你说：
再见，北京！

1957年12月

雾中汉水

两岸的丛林成空中的草地；
堤上的牛车在天半运行；
向上游去的货船
只从浓雾中传来沉重的橹声，
看得见的
是千年来征服汉江的纤夫
赤裸着双腿倾身向前
在冬天的寒水冷滩上喘息……
艰难上升的早晨的红日，
不忍心看这痛苦的跋涉，

用雾巾遮住颜脸
向江上洒下斑斑红泪。

1957年

川 江 号 子

你碎裂人心的呼号，
来自万丈断崖下，
来自飞箭般的船上。
你悲歌的回声在震荡，
从悬岩到悬岩，
从漩涡到漩涡。
你一阵吆喝，一声长啸，
有如生命最凶猛的浪潮
向我流来，流来。
我看见巨大的木船上有四支桨，
一支桨四个人；
我看见眼中的闪电，额上的雨点，
看见川江舟子千年的血泪，
宁做沥血歌唱的鸟，

不做沉默无声的鱼；
但是几千年来
有谁来倾听你的呼声
除了那悬挂在绝壁上的
一片云，一棵树，一座野庙？

1958 年

三伏的风

给焦灼的心送来海的清新。
给干旱的土地送来带雨的云。
及时的风啊！
以可见又不可见的脚迹，
遍及山岭、原野、森林，
让树梢从昏睡中苏醒。
在池沼和湖泊，在浩荡的江河上面，
激起绿波滚滚如鳞。
使一切生命振奋的风啊！
抚爱园中的花朵，
飘起台上的衣裙。

让雨滴斜飞，鸟雀欢舞，
深情而又活泼的风啊！
袒开胸怀的人物，
都有一颗随你奔腾的心。

1961 年

孤　　独

没有一棵小树伴我长夜，
没有一口水井解我干渴，
没有绿叶，没有芬芳，
我现在是沙漠中
一棵孤独的仙人掌。

四向尽是无穷的天际，
寂寞而又荒凉，
虽然不哀哭悲叹，
可灵魂这样凄切
这样孤单！

1963 年

无 题 一

春天为什么这样凋零？
希望消逝，
水在呜咽。

迫害教给你
怎样一个秘密？
颤栗和恨
轮番出现在红唇！

难道再也没有路？
四围是深渊和寂静。
回忆永远是美丽的，
但要做了才有回忆，
生活吧，直到死亡来临。

1966 年

无　题　二

女友！我对你说：
不要信赖常识和议论！
把目光注视前面，
远方诱人太甚！

让生活永远是波涛汹涌的大海，
不要太早希望牢固的陆地。

坚定地向前走去，
永远不再回头，
从天边向我们致意的
有痛苦，失败，狂欢！

1966 年

无　题　三

向前定的轨道走去，
黑暗与你有什么相干？

掉以轻心地绕过，越过时代，
一切哀苦对你生疏而遥远。

你的意义属于最远的未来，
妥协对你是莫大伤害。

只有一个格言对你有用：
要勇敢！

1966 年

月　　路

血红的月亮，
迟迟从云头露出，

我们看着它冉冉上升。
它在水上为我们铺开黄金的路，
可去寻找时
它却已经断了。
不要悲伤，不要怨恨！
失败是胜利的先声，
挫折使心更坚定。
只要对自己有信心，
受到伤害也不胆怯，
生活会向你敞开大门。

1966 年 3 月 28 日

遗失的节日

薄雾的早晨。追随在汽车后面，
也许有不期的相遇！
迎面又是南来的班车，
想必仅仅错过几分钟！
转向素来清新的坎坷的小路，
也许往常的踽踽独步可再遇到！

一切道路都已走遍，
又怕是病弱的小花今天幽闭！

不是黑夜到来。
和老朋友相对也心驰别处
竟至于答非所问！
计算着时间
从北到南又从南到北
终于在大庭广众之中看见了
却噤然无声！
也未曾多看一眼，
只把希望寄话明天。

再一个炎热的早晨，
奔驰所有的菜市，寻找稀有之物。
也无心于日常的应酬，
只等待不期然出现的步声。
丰盛的桌上多么茫然，
又在设想大街上的邂逅。

一天又一天的寻求，一次又一次的
空等。难道是与节日永远无缘？

1967 年 4 月 30 日

寂　寞

暮春的夜，是令人焦灼万分
而终于彻底失望的夜。
街上人流车河
灯光照耀的大字报前的眼睛
夜色中迎面和背向的身影
都只给人带来冰冷
轮声也只唱孤苦伶仃。
屋内坐着一围开会的人
有谁能感知遗失的心
和战栗的嘴唇?
暮春的夜，是不眠和寂寞的长夜。

1967 年

所　思

仲夏夜迟升的月亮
为黑暗的条状云掩蔽

一切都非常寂静
仿佛在等着重现光明
受伤的老狗蜷伏在草地上
默想生活的残酷
对热情招呼不再信任
因为他并不愚蠢

1970 年

深山雪里梅[①]

纵被委弃也全不让，
依然开在百花头上。
管它飘零身世，
淡漠心肠，
临溪照影，

---

① 作者注：1972 年冬去永安紫云洞山脚下一寒村看望陈贻亮（福建省戏剧家协会副主席，《龙江颂》执笔者，时被下放劳动于此）。送别时陈指着一棵老梅说："春节这梅花开放时，请你再来。"后因故未能赴约，想其一家三口居于僻远深山，人迹罕至，有感而作。

飘落飞空，
风自狂暴反添态，
寒冷入冻更助香。
最难忘，
尤在断桥烟雨中，
岁末日暮，
寂寞谁与共？
但见云黯淡，
月朦胧，
流水声呜咽，
知她受了多少凄凉！

过早的热情常浪费，
严寒中独放更受累。
伤害又何妨，
心坚志不移，
映夜月，
照野水，
浩然忠贞守岁暮，
清香原不要人知。
傲骨耿直，
疏花清丽，

不与群芳斗深浅，
敢向霜雪争高低。
风流在淡泊，
神韵自天然，
戏蝶游蜂俱不识，
犹占东风第一枝。

好花不须多，
潇洒两三点，
笼雾带雪，
托日含烟，
冰中展容，
霜下开颜。
不染尘埃自高洁，
偏爱深谷高山，
洗尽铅华，
不怕形影孤单，
并非无情，
毕竟岁寒然后见。
凭它风狂雪猛，
百般摧残，

心中情热如故，
独自先春迎来年。

1973年1月14日

屠　　夫

当人猛增
而猪陡减
你满脸红光
下巴叠成三层，
想捞些油水的
都向你膜拜。
即使是混毛的
浅膘的
灰色的
提着一块走过街上
也引来无数羡慕；
就在这
缺乏上面
私心上面

短视上面
建造你渺小狂妄的权威。

1973 年

候　　鸟

一群年轻的爱叫的候鸟
结对飞过蔚蓝的高空
为了寻找一时消逝的夏天
沿着山林和海洋向南飞翔

想当初他们也曾结对向北高飞
那时正是万众欢腾的好日子
如今风沙弥漫，水也冷了
他们又去寻找自由的呼吸

幸而祖国的幅员这样广大
几乎同时具备了春夏秋冬
这才不全部远走他邦异国
也在界外找到了落脚的地方

1973 年

地 下 瀑 布

在少有人知的穷乡僻壤，
在满目荒凉的山麓乱草中，
沿着崎岖的小路
登上零乱的石级
忽然出现一个宏伟的岩洞
简直容得下千军万马，
从乱石堆中
一个黑暗的洞口下去，
经过垂直的木梯
立即听到流水的声音。
这是地下河
造成的幽深走廊
贯通蜿蜒的隧道
雕塑岩石的千姿百态。

这是星球的熔岩
笼罩黑夜的雾幕
高处有寺院的尖阁
两边有大庙的栋梁

蒙霜的黑瓦
起锈的青铜
展开的谷穗
团聚的花朵
流驶的箭镞。
在松明的照耀下
时而是凌霄的高塔，
时而是绵延的森林，
幽静的浓荫
投射在涌雪的急流，
下临水滨的悬崖
照出青碧的颜色。
而在这一切的前面
深沉的眸子
赤裸的脚
发光的嘴唇
默对着这伟大自然的创造。

穿过许多峡谷
涉过浪花迸射的溪流
眼前出现银光闪闪的瀑布
如同透明的丝绸。

那飞流清新激越，
那浪沫冷如冰霜，
身边的游伴
眼睛因热情燃烧而更明亮。
攀上瀑布的绝顶
如登上一层楼
再进到更高处的瀑布
上升到另一层楼；
三条瀑布悬挂在三层楼房的深处
一条比一条雄伟
一层比一层瑰丽。
啊！熠熠发光的水珠，激情的眼泪，
吹拂的柳枝，急泻的银川，
喷涌的浪花，飞翔的雀鸟，
势不可挡的洪流，疾驰的旋风，
颤音震荡星空，
波浪摇动花丛。
就在这瀑布前面
我凝视一对黑玉似的眼睛
幸福从心中溢出边缘
如秋月在温暖的金波中流动。

啊，这岩洞是亿万年前大海的沉积物吗？
经过多少地质纪年
上升为陆地的高山
再由水的侵蚀
形成现在的琳琅满目
深藏地下
究竟是为什么？
从它形成以来
经过这里的水
足够盛满整个太平洋
那永无穷尽的潺潺细语
是什么样的愿望在流响？
今天，我站立的地方，
是在地上湖的下面，深渊中的深渊，
却依然有阳光下的欢欣
从大地的腹腔上升
如神圣的号角高鸣
催起心灵的破晓
生命再一次被唤醒。
热爱着的心
不要让这瞬息的轻梦飞逝，
不要让秋天带走我的沉思，

不要让黑暗腐蚀我的宁静，
不要让我
怀着无法慰藉的忧郁
独自生活在这人世上！

也许是被幽禁在地下
瀑布的怒吼并没有回声。
就让我的诗
作它的反响吧！
我的心
曾在忧患的荆棘中燃烧，
我明白，有一种沉默
胜过响亮的雷声
就让它轰传远扬吧！
亲爱的人哪！
就让这瀑布的歌声
驱赶你眼睛的阴影
抹掉失望刻在你脸上的皱纹
挽回消耗了的青春
再点亮骄傲的俊眼
让红酒似的羞怯的酒窝
在你脸上如宝石那样晶莹

一枝爱情的玫瑰花
插上你的衣襟。
让我回应地下瀑布的歌声
用温柔的手指
抚摸那伤痕，让心警醒
正视人间的斗争
冲破一切阻挠
去打响那些大门。

任何地方都有自由的赞歌升起
即使是在不见天日的地下；
听，那地下河的瀑布
至今还在沉默中轰鸣！

1974年

木　排　上

一

厉风急雨中离开江岸
撕开洪水污浊的衣衫

一列两节的窄长木排
激起黝黑的浪花
在回流中摇桨
在急湍中飞奔
带着野性的巨流上下翻腾
茫茫的山林
悬崖的山洞和小径
果园和竹丛
雨丝和飞云
石灰岩的奇峰和峭岭
都涂上一层发光的釉彩
向急流中的木排注目致敬
木材堆积的两岸
乘流直下的小船
触天的石壁
都退到朦胧的雨雾深处
木排在汗滴和浪花中
在风声和水声中奋勇前进

二

艄排人呀！

你们永远生活在风吹浪打的地方
备尝艰苦而又享受自然的一切优惠
仿佛江水的流动
给你们铸造清新的品质
独立，坚强，勇敢，忠诚
带着力量和健康
严肃里有自信
你们倾身在激流中
像山岩领受暴风雨的打击
你们直立在漩涡上
像一棵松树那样峥嵘
每一举止都表现劳动的伟岸
长满硬茧的双手把着桨
在危险面前铁石般冷静
毁灭时刻都在江上徘徊
它从风雨中露出凶狠的嘴脸
你们洞察一切而沉默无言
在潮湿阴暗的苍穹底下
不受表面光滑的迷惑
深知暗藏的所有危害
慧眼中有蔑视凶暴的视线
在弧形波浪的闪闪的银光中

把木排驶向希望
起伏的流水高奏战歌

伟大的事业不一定在陆上
也不一定在海上
在这汹涌的江河之中
也会有英雄的纪念碑
喷溅的浪礁
咆哮的长滩
永远有生与死的搏斗
你们勤奋，谦慎，聪明
追求自由的心有对斗争的渴望
在死亡之上，有大胆的作为
你们不求舒适，不求平安
让那些好吃懒做的人滚开
让那些追求享受的人
吃了就睡，睡了就吃的
那些造粪的机器
那些见难思迁的人
投机取巧，争权夺利的人
通通走吧
这里没有他们的站处

在光明的露天下
江河是自由与清新的给予者
你们呼吸清新的大气
过粗野的生活
运用自然，友爱协作
穿越一切阻碍
走向胜利

三

在这木排上
你们也有一个领袖
那就是前头的艄排人
他是挺身直扑风浪
危险首当其冲
领航开路的人
他照顾一切
不时向尾舵发出命令
大家信仰他
不是作为神像
而是活生生的人
谁都同他开玩笑，不怕触怒他

同他睡在一条被子里
同他领受一切折磨
同他一起爱，一起恨
他顺着规律，引导大家
并不以恩人自居
他富有经验，通达人情
不为自己的地位所束缚
不受任何观念所限制
当舵座的横木断了
他挥起斧子另制一个
尾桨折了
他跳过去再装一把新的
他比其他的人更劳苦
他感知每个人的需要
如果不知道人们的痛苦与欢乐
怎么会成为人们的领袖
奔流的河川，岩石，沙土
造就他坦然的品质
以迅速的目光
判断全部形势
错了就纠正，不认为自己永远正确
如果死也为局势所需要

他将毫不犹豫地迎接它
相信生命的丰满
体现全体的光荣
永无涯际地终生奋斗在激流上

四

黄昏到来，木排停靠在悬崖下面
打下木桩，把纤筋系牢
升起锅灶晚炊
在寒风雨滴中吃粗粝的饭汤
准备在浪声风声中入眠
啊！露天下艰难的生活
在强壮而又辛苦的工作之后
躺在坚硬的竹枝和草荐上
受着夜露和水珠的濡湿
也绝无疲劳
在棚幕上悬起一盏船灯
拿出书报来学习
雨点淅沥的夜
浪涛汹涌的夜
半睡半醒中觉察水在上涨

更担心于明日的航程！
不能安眠的夜啊！
水面更加宽阔起来了
混浊中漂流着枯枝与断树
在黑暗里显得阴森巨大
河边有打鱼人的小盏灯火
闪动着光影的江河啊！
风雨旋卷着
浮动而深沉的江河啊！
每年总要夺走一些人的生命
使人生畏的江河啊！
在这潮湿的棚子里的夜
所有的景象都使人刻骨铭心
于是来到了惨淡的五更天
在晨雾中再一次升起炊烟
这就是又要出发的信号
立刻跃到艄位上
又开始战斗的另一天

五

艄排人呀，你们顺流而下

从不后退，一直向前
征服巨流，走艰险的路
木排就是住家
有时也把水边的石洞作为卧床
当雨整夜把木排淋湿
依然是粗食少睡，浴雨沐风
有时你们也会搁浅在礁石上
木排被冲散了
漂木流向远方
竹篙和炊具全飞走
一切都陷入纷乱中
怯懦者临阵逃脱
剩余的鼓起勇气
战胜挫折，依然前进不止！
江河为你们不息地歌唱
伴送你们走向海口
我也唱这首风雨的歌
跟你们走未知的路

1974 年

祈　　求

我祈求炎夏有风，冬日少雨；
我祈求花开有红有紫；
我祈求爱情不受讥笑，
跌倒有人扶持；
我祈求同情心——
当人悲伤
至少给予安慰
而不是冷眼竖眉；
我祈求知识有如泉源
每一天都涌流不息
而不是这也禁止，那也禁止；
我祈求歌声发自各人胸中，
没有谁要制造模式
为所有的音调规定高低；
我祈求
总有一天，再没有人
像我做这样的祈求！

1975 年

生　　命①

含着泪痕
飞般向火车猛冲
你去了
像很快就熄灭的火星
在春天繁盛的田野
在高亢汽笛声中
生命飞向无底的深渊
心弦不再发出美妙的节奏
让死亡做你的解放者

这死亡
像弦乐中断
霎时沉入完全的无声
黑暗无可再暗
终于来到了永恒的宁静

---

① 陈榕榕是陈贻亮的女儿，也是蔡其矫辅导写作的永安女知青。陈榕榕卧轨自尽后，诗人告诫知青要勇敢面对艰难的生活，要领会生命的庄严和价值。

一切都归于乌有
既无痛苦，也无欢欣
你预期的目的似乎达到
疲于斗争的心得以休息
不再为苦恼燃烧
艰难的行程也告结束
躲到我们看不见的地方
去做轻松的无尘的梦！

可是，你那鲜红的血滴
却刺穿生你育你父母的心
同伴的心，战士的心
塞住咽喉的哭泣，无遮的风雨
惨白的脸，悲伤的云
颤栗的手啊
这一切你都不再感到
为什么你这样决绝？
可怜我们这些后死者
还要长久背上你这不幸的负担
直到进入坟墓
让无言的黑夜使我们忘却！

当你活着的时候
是多么文静温柔的人
腼腆而善良
一向坦然微笑
全不觉有什么阴影
会留在灵魂深处
流言，中伤，失望
都不能揭示你致死的原因
你也不是死于苦闷
难道是由于软弱?
然而你的死又多么刚烈无情!
你是为解脱而死吗?
不愿等待，不愿受辱
是为自由而死吗?
你的魂魄不在大地
你的心上没有别人
也许你是抛弃生命抗议
可是，对谁呀?
也许当你冲向火车
已经没有理智
由于好胜?
由于报复?

是惩治别人
还是惩治自己
你再也不能开口
向我们简单地说明!
你死得多糊涂
又多么不合时宜
你只有十八岁呀!

在春的怀抱中逝去
你默不作声
只留下一团迷雾
连最能自持的人
也不免变得失措
命运之类的迷信
暗地偷袭
难道生与死我们不能自主吗?

我的心在痛苦中沉落
如在寒风的黑夜里。
我的心像冷雨中一朵花
在飘零中颤栗
我没有权利沉默

我要说话。

从前我以为
自杀者都是勇敢的人
他不惜抛掷最宝贵的生命
作一次最强烈的抗争
胆怯的人办不到
拿死争口气
弱者变成强者
为报仇而舍身
这行为多光辉！
让魔爪下少一个受辱者
这气魄也不小

但今天，我认识一个真理
为了共同获得光明
生命不属于自己
生命属于亲人，属于战友
属于养育的人民
属于这时代和国土
生命属于大家
要为这生命的给予者报效

要对一切人忠诚
要充分使用生命为别人
没有权利自行处理！
不要拿死亡向人索取
也不要拿死亡向人炫耀
不能草率对待生命

倘若生命是春天
去了还会再来

倘若生命是火焰
熄了还可重燃

倘若生命是彩船
沉没还能捞起

但生命是流水
一去不复返！
生命只有一次

人既不能生两回
也不能死两次

生命不能糟蹋
死并非难事
谁能活着没有痛苦？
生活从来没有轻便的路
谁能不背一大堆悲伤？
谁能随意停止而不迎难向前？
欢乐还暂时很少很少
而困难却多得不可胜数
但我们能退却吗？
能逃避吗？

苦难不会使人变丑
苦难使人显出力量和美德
不幸能增加勇气
生活的深处最光辉
难险的道路景色最美
永远不向苦难屈服
生命就会以不可阻挠的意志
穿越失望奔向前去
在风雨泥泞的路上
响着沉重而坚定的步伐。

在我们当中，坚强的心灵并不多
但只要活着，就是对黑暗的胜利
美丽一定会战胜丑恶
真诚一定会战胜虚伪
但要能够等待呀！
沉默垂死，光明方升
让我们把忧伤高高举起
如照亮夜路的火炬
让我们把死者抛弃的生命拾取回来
放在记忆明亮的地方
永远鼓舞生的意志
宣扬生的欢欣
让后来者杜绝黑暗
面向光明

1975 年

母　　亲①

那遥远的路轨，
那血染的斜坡，
而今只剩凋零的野菊，
雨水已洗净最后的痕迹，
人们也早把惨痛忘却，
唯有死者的母亲，
有个心事永远放不下
她以为女儿是回到乡间，
仿佛在远方的林中迷路，
不久会再归来。

这是冬天，
偏僻的小巷更加清冷，
阴雨的院落更加幽暗，
无言中在廊下独坐
在等待的母亲更加苍老，

---

① 陈榕榕去世后，其母亲的行为反映出知青家属令人心碎的境遇，反映出那个特殊年代的无奈。

因为未曾目睹尸体的照片
死亡不在她眼里，
餐桌上总要多摆一副筷子，
吃饭时候不断窥视门口，
向无边的寂静倾听。
啊！无论怎样等待
目光再也触不到那亲爱的面容。

白天失神，夜晚凝思，
眉间锁着阴影，
两眼浮着泪光，
啊，母亲！
你已经日渐消瘦，
你再也没有笑容，
无论谁都不忍刺痛你的心，
不忍把悲伤的往事重提，
不忍让你的痴想破灭，
不忍把你放入阴惨的黑暗，
好像希望能镇静哀痛的心，
幻想在麻醉不治的创伤，
但这又能支持多久？

可怜的母亲，你什么时候才能醒悟？
已经有好多事情无法变更
勇敢纯洁的灵魂，你最爱的女儿
永远不会再现了，
万古一念的真诚，也无济于事呀！
可是，人事永远不能过分认真，
幻梦也许就是生活，
入睡仿佛便是觉醒，
无尽痛苦的渴望
极度秘密的寻求
难道不也是一种生的力量！
既经见过生，见过死
形体不过是在虚无间
悔恨，疑惧，饮泣，都不必要！
当窗外细雨飘零的时候
思念也许能填满空虚，
心啊，最好没有悲惨的记忆
没有墓穴，没有灰烬
能入这净境的唯有母亲。

1975 年 12 月 13 日

二　十　年

二十年前仿佛有过
一个百花齐放的开端
但随后三翻四复，却形成了
排斥一切的样板！

二十年，并不是短暂的瞬间
历史上有过烜赫一时的文化
并不比它漫长！
二十年，可以兴起一个国家
也可以让最强大的王朝覆亡！
二十年，在荒野和废墟上
出现多少劳动的成果！
二十年，小丑风流一时
人民蒙受大难！

这已经是悠久的行程：
错误的假设
付出多么沉痛的代价
以为语言法力无边

毁坏多少精华
留下多少破烂！
能够活到现在的人
谁没有失败的印痕
谁没有身陷重围的纪念？

谁的脑子
不像满是蜜蜂的蜂箱
愤怒与不平地轰响？
谁的眼里
不贮藏深渊般的忧虑
在无声地膨胀？

1976 年

诗

海潮，永恒的呼号。
星辰，永恒的沉默。
呐喊和无声
都不由人选择。

不为真实写诗很容易。
谎言只为掩饰空虚。
光荣的花瓣
并不就是真理。

探索人心已成为诗的生命
也许曾经找到可又失落。
青烟和灰烬，
都是火的兄弟。

1976 年

悼郭小川

你的诗像秋天那样明净，
你的心像夏天那样热烈，
对人民你像三春般温暖，
对敌人你像严冬般凌厉，
你包括一年四季，
你就是大自然
真正的诗人不可能不这样。

西北高山有你钟爱的哨兵，
东南海滨有你的知心人，
中原的湖泊和崇山峻岭
有无数英雄照亮在你诗篇；
你喊出了祖国的声音，
你就是人民！
黄河永远为你的早逝伤心！

1977 年 1 月

一　　年

那悲伤的一年前谁都不会忘记
那转动着无数热切颜脸的广场，
那千百万人挥洒殷红的泪，
那对着黑夜升起沉重烟云的哭泣，
敬爱的周总理，你真的悄然逝去了吗？
将军听到哀乐，手中的茶杯落地粉碎，
爱人应约见面，无言以泪眼相对，
但谁都在希望这死亡不是真的。
汽笛为你长鸣，
旗帜为你低垂，

祖国的大地洒遍了泪滴；
那泪水朦胧的白天，
那顿足捶胸的黑夜，
那失去自由的痛苦，
那无处宣泄的呼声，
都在等待你的归来！
历史上任何时候，任何地方
都未曾有过这样巨大的悲伤，
你不能在这时候和我们分手呀！

敬爱的周总理，你果真没有离开我们。
一年来，你同我们一起
经历了痛苦而振奋的战斗。
……早晨清冷的街头
有几只甲虫在刷标语
用他们主子的语言诬蔑你，
走过来一个工人喊声“打！”
竹梯上跌落了小爪牙
整条街道都起来追。
在南昌，在福州，在许许多多城市
墙上写满哀念你的诗，
工人署了姓名还写上住址

告诉那反对你的人
要抓就来抓吧
热爱你的人都不怕死！

一年来，你的名字
成了惊心动魄的大战场。
向你献花圈，清明节追悼你，
都会按上莫须有的罪名，
鲜血流在广场上，
眼泪哭干在牢狱里。
在遥远的海防城市
有人写诗歌颂你被打成反革命，
在古老的南方小城
有人贴悼念你的标语受围攻
语言无法表达我们的悲愤，
信念不愿意埋在黑夜里。
也有投机家想漫骂你往上爬，
也有黑心鬼想攻击你发横财。
光明跟黑暗在你名字上交锋，
庄严与无耻在你名字上对垒。

一年来，你深入大小城镇和穷乡僻壤，

你走遍了车间，走遍了田野，
你走进每一户人家，
苍苍白发的老人
刚系红领巾的孩子
正在辛勤劳动的男男女女
都对你感到格外亲切，
你是亿万人的幸福与悲伤，
你是亿万人的命运，亿万人的思想
你是亿万人的骨肉。
你的名字像久旱的雨
落在人民焦渴的心里，
你的名字像锋利的剑
刺中了敌人的要害。

一年来，经过史无前例的苦斗
败露的敌人得到了可耻的下场
长安街上再无鬼哭狼嚎
大小城市也静了狗吠鸦噪。
电台放送颂扬你的歌曲
那歌手的深情使千万人垂泪！
报导里历述你的伟大和平凡
每次读到都热泪盈眶！

你的名字有如滚烫的泪珠
为你的鞠躬尽瘁谁能不哭！
你的名字有如进军的战鼓
激励我们向顽敌冲杀！

一年来，结束了光荣而悲壮的过去
开始了充满无限希望的未来
你的名字飞扬在整个太空，
你的名字普照着祖国大地，
如同一切伟大的人物一样
你的生命继续在我们共同的事业里，
如同你生前一样
举国上下都在遵循你的行迹。
敬爱的周总理，请你相信
为你的遗志完全实现
八亿人民将战斗到底。
汽笛再次为你长鸣，
旗帜再次为你低垂，
热泪再次为你洒遍大地，
敬爱的父亲，你安息吧！

1977 年 1 月 15 日深夜

年　初

温和的风虽已来临，
百花的主意却未敢定：
太早易飘零，
太迟让人恨！
只有草心和柳眼，
依旧最先从梦中苏醒；
今年的东风应该多，
只怕雨水无凭准！

1977 年 1 月 24 日

心和眼睛

狂暴的思想不让世纪安宁
许多泪水和鲜血的河
都流进我的心。
许多枪弹

都穿进我的胸膛。
因此，心
像苹果一样熟透
折断，掉在地上
却挣脱死的牢笼
像回声响在诗歌中。

两只眼睛
两泓清水
载着愤怒和忧思
载着悲哀和欢乐
从深深的水底
像星星一样注视世界
让人、天空、树木和山
留下它们的影子。

1977 年 9 月

赌　　徒

在他人的血泊中
染成的红人！
踩他人的肩头上
假货的领袖！
什么工人
什么农民
什么士兵
不过是历史的误会！
得来容易
挥霍也迅速
暴露也彻底
他的地位应在赌摊上
却斗胆坐在火山口！

愚　弄

凡是现实中并不存在的
喇叭必定日日鼓吹。
而生活的真情
一概不许提起。

小说中的人物
嫦娥，哪吒，愚公，罗成
走入现代行列；
而千千万万活着的人
却在文字上消失。

神秘的哲学深入穷乡僻壤
艺术由孤家寡人剽窃。

科学咬在嘴里
迷信沿墙开花。

1978 年 2 月

风　景　画[1]

积雪融冰中一条小溪
响动着生命活泼的欢歌

绿满原野围护着笔直大路
在忧伤和光明的连结中沉吟

孤寂静悬的冬日斜阳
以喃喃的唇音向高树繁枝诉说

静静山林深处倾泻的瀑布
不断传来悠远空蒙的回声

无论是夏天斜雨或冬天飞雪
都向四方播送着波荡的旋律

---

① 最初发表于 1978 年 12 月 23 日《今天》创刊号，用北岛取的笔名乔加。是年 5 月 30 日，诗人与艾青看东山魁夷画展，两人写同题诗。后改诗题为《东山魁夷风景画》。

即使幽暗寂静的赤裸林木
也隐约有如缕的切切细语……

啊，大师！你怎样精心提炼
使色彩和音响凝为一块？

你怎样用画笔拨动天弦
唱出人对广阔生活深沉的爱？

1978 年

波隆贝斯库圆舞曲

风从山顶摇曳而下
撼动树林和原野绿草，
粼粼的光波
如无数鸟群
翩翩飞升。

在天河一般的空气中飘浮
有众多的色彩和芬芳，

起伏的山坡
回环的道路
恋人奔跑相迎。

飞扬的头发拍打天空
周围流动金色的云，
在轩昂的眉宇下
是默默无声的
深沉的眼神。

花叶发出金黄的光芒
把阴影和枝干燃烧，
不具形的欢乐
无踪无影地来到
从心到心。

1978 年

心 之 歌

普通劳动者的
心的太阳
向宇宙的最初航程
回顾到处都有的神像

那扫视的目光
犹含过去的悲伤
探问那诗化的谎言
是不是已将告终？

既经拒绝黑暗的王国
也不再歌颂贫穷
两眼注视未来
心因为流血而更鲜红

为了今后
不再受衰老事物的损伤
让天主、霸主、官主都消逝
上升吧，民主的太阳！

1979 年元旦

戏赠韦丘

来自东江的诗人，
凭名字就不该离开山岭；
如今来到颠簸的海上，
落得倒卧船舱，双目无神！
逢人便发的微笑哪儿去了？
朗朗的语声也变得低沉！
但愿你不会是旱地鸭子，
离开水上才能又叫又鸣！

1979 年 3 月 1 日晚
兴隆华侨农场

忆①

当海隐藏在潜行的夜色里
遥远的灯光掺杂着低垂的星光；

---

① 回忆 1950 年赴港而作。

当一只船在幽暗中缓慢前进
一盏红灯在向远山眺望；
当月亮因为地上的灯过于刺眼
在天上如苍白的花那样忧伤；
这时候，乐声幽咽，歌喉沉重
一个新来者，用彷徨无助的目光
在每一座大门上寻找陌生的门牌
海风深情地把他拥抱在怀中。

1979 年

有　过

也曾有过困苦
孤寂中找寻自己的路

也曾有过风浪
生命船在人生的海上颠簸

也曾有过欢乐
爱的阳光照在心头

也曾有过彷徨
终于抛却已有的幸福

1980 年 3 月 1 日

心　　潮

在落叶满地的园中，西北风
又在咆哮中重整力量
告诉我，那嫩绿的树
又将进入闷人的冬眠吗？

沿着收割后的田垄，阳光
像笑容从脸上依依不舍撤离
告诉我，已完成的果实
会再次变成地下种子吗？

空气中充满忧郁，每一年
都在开始时刻叫人憋气
告诉我，上涨的潮水
又要退落到冷僻的海岸吗？

尽管是影子或破片，亲爱的
又在梦的边沿呼唤
告诉我，受践踏的心
会在鸟儿的歌声中回响吗？

1981 年

艾青在新疆

被监禁的岁月啊
痕迹留在塞外边城
风雪中呼吸如丝
心在碎石路上翻滚
林中孤独踽行
悲哀向空虚诉说

冰雪的天山
黄尘的戈壁
昏暗中去露天影场
艰难地提着折椅
街角停下喘息

倾听树丛多变鸣声
关心每一只夜莺的命运

默默地扫马路
溅起一股股寂寞的风
默默地掏厕所
听得见汗滴的悲响
提笔只写病假条
眼疾已失医治
忧郁的诗早就绝迹

茫茫的芦苇地
冷澈的泉水
四野辽阔却容不下你
十六年三次迁徙
从招待所到土房
从土房到地窝子
棉衣腰束草绳
两颊陷落如猿人
唯有云南来的加急电报
祝贺大堰河三十周年
是放逐中唯一安慰

1981 年

过 延 川

石砭镶边的弯河
穿孔洞穴的大地
陕北人粗糙的双手
把小苗绣满所有田垅
让枯黄与疏绿交织
成一幅象征派的图画
唯有坚强抵抗干旱的枣树
能给我心灵以绿荫。

回忆的钟声在耳边震响
既欢乐，又凄清
四十四年前汗滴的小路
断肠凝思
找不到昔日情境
是在哪棵树下休息
是在哪片石上露宿
未量过的痛苦
深沉的潜影
一别再难相见。

那时的青春多么无畏
那时的现实叫战争
花费了大半辈的时光
眼睛才学会了观看
并且重新找到自己
为你含泪辛酸
为你梦魂萦绕
为你时受鞭笞。

衰老的目光望着往昔的山
思念逝去的战友
可现在不是诉衷肠的时候
这样的日子还很遥远
飘泊的灵魂寻求陌生的地方
不把爱钉在狭小地域
但是我和你
却如同世界上所有的水
总有一天要见面
昨日的声音
又在未来回响。

1983 年

山的呼唤[1]

多么寂寞的山啊
静静环立在灰蓝中
在那些乱石下面
埋藏了多少英雄故事
至今还沉默不响！

把一切都投入
巨大旋流的时代啊
难以安身立命的善良
长久无声息
而污秽瞬间流过
却留下永不磨灭的痕迹！

历史的风
给所有人事都蒙上暗色
没有心的幽灵才免遭创伤
一树青苍变成纷纷黄叶！

---

① 作者注：悼昔日同窗刘振东烈士。

我的引路人啊
暹罗猎人的浪子
暨南足球队的中锋
出生入死却终被冷落
疾病牢牢抓住你
孤独死在深山！

从香港带来的女友
当她成为护士
拒绝团长的求爱
也背弃你多年情谊
悄悄回原地
无根的飘泊生涯
使你失去任何亲人！

那时候，像夜一样赤贫
勇敢者涉足新道路
可希望却比玫瑰更纤弱
追寻者和保管者永远不是同一个
贡献和享有也不是同一人！
可怜的新加坡小学教员

当区长只有几天
在突围中被日本人打死
鲜血闷声流淌；
年轻聪明的剧作家
遭遇战饮弹山沟
只有灵魂微笑！

还有你，十八岁的女学生
没有盘尼西林救你的命
五个朋友漫山中寻找卵石
垒坟墓直到黄昏
温情脉脉走向绝望
把黑夜搂入怀抱
千里远隔无从寻觅
死亡之后只有沉寂陪伴！

旧地重游总带哀伤
希望永远在途中
忍受不满和命运动荡
树在风雨中倒下
人生有多少次黑暗！

天空以无限深邃闪烁光辉
如果山是海船
应有翻飞的海鸥在风中
港口升起呼唤！

目送远去的群山
不可名状的痛苦忧伤
引出被遗忘的呼声
连同那不能实现的愿望
怎能慰藉我的灵魂？

1984 年

七十岁自画像

相形家说他鼻梁上
隐藏着第三只眼睛
在卧山横波之间
竖着看世界
无遮无挡
一任风吹日晒

既无憎恨
也无泪滴

这世界有许多
不应重视的明日黄花
所以崇拜才华
蔑视权势
得到的很快丧失
而丧失的又都换来愉悦
对别种样式不多照顾
唯把虔敬献给诗
难以传达的则用沉默表示

也许因为生命中有太多痛苦
所以心总在追求欢乐
对自然，对云水
对花草，对一切形体的魅力
奇迹出现过，又消隐
苦苦等待新的命运
不知老之将至
悲伤如阴暗的黎明
绝望如风雨之夜

希望却似露水滋润的绿野
可那些鸽子像哀悼的蔷薇
从青空的灌木丛纷纷落下
如今平静也缓缓降临
从黄昏的垂幕
他还能在眷恋中远行吗？

1988 年

孤 独 一 年

乌云借着暴风的势力
把满天的星斗扫尽
红惨绿暗的暮春
波涛在屈辱中噤声

灵魂穿越边境
星星在世界漂泊
焰火喷发为巨大问号
向枝叶花果泣别

1990 年

波　动

蓝水为什么喧哗
锦缎为什么激荡
岛屿左右摇摆
云天倾斜着入海
金红色的波涛
把人从低处抛上去
又从高处掷下来

有如飞奔的时代
千载难逢的一吻
飞翔在恍惚之中出现
时间的幕布漫天飞舞
梦局戛然中断
天真的希望裂为碎片

颤栗中惊心
历尽汹涌与压抑
哪里尚存激情
哪里就有彷徨失望

悖信时日未知结果
何处能获得真实
无法传达的信息
被岁月沉淀
以梦境滋养生活
一种融化悄悄来到
从感伤的深渊中浮起

1991 年

对　　话

这几年你是怎样过来的？
希望、失望，希望、失望。
请问你关心什么？
不拥挤的旅行。
这世上你最喜欢什么？
绿山和清水，生活中少有的一切。
你记得过去吗？
记得，一次次暴风雨

淋得像落汤鸡。

你害怕死吗？

不，在没有看到光明前，

我不想坟墓。

1991 年

辑二　自　然

波浪

永无止息地运行，
应是大自然有形的呼吸，
一切都因你而生动，
波浪啊！

没有你，大海和天空多么单调，
没有你，海上的道路就可怕地寂寞；
你是航海者最亲密的伙伴，
波浪啊！

你抚爱船只，点数白帆，
飞溅的水花是你露出的雪白的牙齿
微笑着，伴随船上的水手
走遍海角天涯。

今天，我以欢乐的心回忆
当你发着镜子般的柔光
让天空的彩霞舞衣飘动
那时你的呼吸比玫瑰还要温柔迷人。

可是，为什么，当风暴来到
你的心是多么不平静
你掀起严峻的山峰
却比暴风还要凶猛？

《波浪》(部分)手迹

风和水兵

风啊！风啊！
你是大海的朋友，水兵的爱人！
你带来岸上花的芬芳
和草的凉爽，
抚爱船上的旗帜和我的心。
你吹起我帽后的飘带
用激动的声音向我诉说衷情；
你把飞溅的水花泼到我的脸上
我感到是你清凉的嘴唇在亲吻。
你那粗犷不羁的爱
只给那最坚强的灵魂。
风啊！风啊！
你是大海的朋友，水兵的爱人！

1954 年

榕　树

我想再也没有一种植物，能像它那样
充分表现我故乡的性格。
它四处伸展纠缠的青铜般的根，
即使最坚固的岩石也要被崩裂，
但是慈祥的长须在空中飘荡，
却爱抚般拂弄光明的大气；
它的枝桠豪爽地让许多生命栖息，
低处有寄生的弱草，高处有安巢的雄鹰，
它巍立在路边伸出四围的手臂，
好像要把地上万物一齐向高空举起。

1956 年

桂　林

在这蔚蓝的、光明的
环立着秀丽山峰的城市里，
在这柔和如同梦境

但又充满动作和生命的天地间，
我的心照满阳光，
我的四肢也好像要飞翔。

看吧，那一座座翠绿的山，
从平地突然踊起，
好像排队一样列在两旁，
没有一个愿意卑微地屈伏，
却一致坚强挺立着
做青空和太阳友好的邻居；
当云在流动，
我感到是山在行走，
踏着齐整的步伐，朝向开阔的平野，
而风是它们行进中的乐队。

为了解释生命的繁多姿态，
一条绿水又从中流转，
于是群山又如千帆并立，绕云带水
照耀霞光，闪烁梦幻的热情
载着人们对生活的挚爱
有江流声和摇橹声
送它们走向无边的大海。

桂林是属于那
为了鼓舞人们生活的信心
自然界造就的万千暗示；
今天我的心听见了
它发出从未有过的深邃歌声
召唤人向宽广的生活前进。

1956 年

漓　　江

上面是青色的长缕的云，
左右是陡立的绿色的山，
下面一条浅蓝的江透明如水晶。

而水底闪烁着彩色的卵石，
仿佛为这青绿色的世界
铺就一条鲜花的大道。

一叶扁舟悄悄划过，

把倒映在水里的晴岚翠色
散作万千的金圈和银丝
颤动在蓝天里。

青烟，苍岩，碧树，
全抹上一片晶莹的水光；
那使人倾心的明亮清辉
也活在牧童和村女的眼里。

山水有独自的贡献，
它总是以永不衰退的美丽
把人的理想推向更高处。

在这里，在蓝色的漓江上，
那最能启发人的
就是心灵的透明与纯洁。

1956 年

船家女儿

诞生在透明柔软的
水波上面，
发育成长在无遮无盖的
最开阔的天空下，
她是自然的女儿。
太阳和风给她金色的肌肤，
劳动塑造她健美的形体，
那圆润的双肩从布衣下探露，
那赤裸的双脚如海水般晶莹，
强悍的波涛留住在她的眼睛。
最灿烂的
是那飞舞着轻发的额头
和放在桨上的手；
当她在笑，
人感到是风在水上跑，
浪在海面跳。

1956 年

海 峡 长 堤

啊！浪涛上白石铺成的大道，
横卧海峡不朽的桥！
粗野的风徒然在这上面吹刮。
被阻拦去路的狂乱的浪潮，
举起发抖的头颅，
用最大力量触向花岗石的长堤，
一次又一次地被粉碎
空中飞舞颤栗的水。

啊！罗列的群山，横越海峡的飞鹰
发光的长云，蔚蓝的天空，太阳和星星，
你们都是伟大工程的见证，
有谁能告诉我这奇迹是怎样产生？
山是怎样移？
海是怎样填？
力量又是怎样形成？
只听见花岗石的声音从静寂中升起：
　　“我来自苦难的大地，
　　昨日的眼泪还在我心中燃烧。

我孕育自人民太深太久的愿望，
种子已落地一百年，
但苦难封锁着它。
一把钥匙开启了通向幸福的门，
胜利的人民催我诞生。
只为了一次快乐的亲吻，
火花和炸药把我从山上掀起，
最坚强的手又把我填在海峡，
因为太爱这光明的事业
不惜粉碎我自己
换来更光荣的生命。
潮来潮去也不能将我冲散，
因为我的基础
安放在烈士的忠骸之上，
为了解放这南方港口，
横渡海峡的战士曾牺牲在这滩头上，
我就是他们的纪念碑。
我的成长，就是祖国的成长。
我的力量，就是人民的力量。”

亲爱的祖国呀！你每天都产生的新的事物，
而且又都是从默默无闻中突然出现，

好像昨天这里还是古渡荒滩、险水恶浪，
今天忽然天降一条康庄大道横在海中！
但是，只有我知道
只有海堤的建设者知道，
在一千个白天和黑夜，
万人的手怎样发出锤子的歌声
淹没了浪潮的喧哗；
只有我知道，船工和砌石工知道，
在敌机的轰炸和扫射下
海堤怎样更快地开花和结果；
别人不明白，只有工人知道
苍山为什么白头
海峡为什么中断。

让我以人民的名义，向那些
从谦虚和沉默中兴建起来的
从胜利中生长起来，也从困难中站立起来，
从朴素的心流出来的
一切伟大的建设致敬！
庄严的海峡长堤呀，
我了解你的意义，
我知道你的秘密，

你不是平常堤岸，更不是平常通道。
在战火纷飞的日子里
厦门岛是大斧的锋刃
而你是它的长柄，
握在忠实战士的手里
把住祖国的大门。
可是我也知道，我更感到
和平的脉搏在你堤上跳动
正像鸽子在战士胸上呼吸，
你把昨天呜咽的水
变成今日欢乐的大道
并不是为了战争。
我的心我的眼睛升向高处，
我看出
你是祖国伸出的一只手臂
高高地把厦门举起，
好像它是盛满醇酒的水晶杯
其中流动着花的芬芳和太阳的光辉
祝贺和平的新世界。
让全人类都从这杯中啜饮吧！
让劳动的手都来建设万代千秋的事业吧！
已经有无数的新事物在中国出现，

并且以它的新鲜使世界惊奇，
也让全人类都从这海堤看到
人的力量是多么伟大，
和平的意志是怎样在战胜一切
哪怕是最顽强的石头
哪怕是最不驯的海。

啊，庄严的美丽的长堤呀！
一千个吻我送给你！
你是谦逊的，
你从无声无息中生长，
从不夸耀你自己，
可是我相信，在你的上面
正燃烧着世界的黎明。
我听见，从遥远遥远的地方
传来一种震动大地的声音
好像春天远山后面的雷鸣，
那是新时代的列车在向这里走来，
那是贫困的土地在翻身，
那是人民以双手
在推动着历史前进……

1956 年 10 月

西沙群岛之歌

一

三月的一个中午，当祖国的北方
还在寒冷的早春，
祖国热带的海洋，
却已吹着烫人肌肤的风，
我站在甲板上，忍受眩目的阳光，
看四围只有天和海，
只有蓝色的飞鱼在水面穿梭，
只有巨大的海豚在船头前面奔腾。
就在这样的一个中午，
当船员们都在想望陆地，当我觉得
寂寞的航程仿佛是无穷无尽，
突然，驾驶台上船长叫出一声：飞鸟！
人们全拥上甲板，用欢喜的眼睛注视，

一只孤单的海鸟从南方缓缓飞近，
这预示着海岛不久就可以看到。

于是，上高水手沿着绳梯爬到桅顶，
用望远镜向远方的浪上搜寻。
又经过长久的等待，等待得不耐烦之后
才在水天相接处看到短短的一线，
好像是水上浮着一根尺……
又是一条线，再一条线，又一条线，
这些珊瑚虫组成的白线上有绿色暗影，
像珍珠一样发光，
像处女地一样寂无人烟——
西沙群岛到了！

那是多么动人的场面，当汽笛长鸣，
那些远离大陆的海岛开发者
那些对祖国抱无限忠心的工人们，
像无数泉水突然从地下喷出，
无数小船一下子全向轮船涌来，
朝阳般的颜脸，火炬般目光，
眼瞳中荡漾一滴快乐的泪，
热情在这岛上比任何地方更动人，
因为他们对祖国的思念比任何地方更深。

二

西沙群岛
这是由白浪、珊瑚、热带鸟类和植物
所塑成的祖国南海上一排素馨花。
过去，除了鸟鸣和涛声
寂静在这里已有太久的统治。
这里的海洋一半是水，一半是鱼，
这里海滩上每一片贝壳的碎片
都比美人指上的宝石更光辉；
但是，这里的左右都有可疑的窥伺者，
好像是几堆荆棘在那里盘踞。

这还只是在不久以前
南越吴庭艳的军队
偷占我们群岛的西部
并且把兵舰一直开到你们面前，
上岸的水兵持枪要将你们赶走
用暴力竖立起强盗的标志，
抢劫你们的肉食，临走还开炮威胁……
他们连来三次，你们看出入侵者的心虚，
铲去罪犯的碑记

升起神圣的五星红旗
沉睡几千年的西沙群岛
仿佛第一次醒来，
那庄严的旗帜亲吻南海的天空
唤醒了西沙群岛最初的黎明
让暗夜发抖吧！

当入侵者第四次来到
远远望见我们的一面国旗
好像看见了百门大炮
立刻开足马力逃跑……
强盗的伎俩无数
敌不过正义的一次行动！

而每一星期四，好像准时上班
美国飞机以阴暗翅影在岛上滑过
昨天还趾高气扬
今天已慌慌张张……
你们的目光注视南海的残夜
你们守望远离大陆的海洋！

没有人能将这些岛屿从我们手中夺走。

我们的祖先在海浪中开路
南海到处有他们的踪迹。
岸上有祖国渔民的小庙
深林中有他们的坟墓
万丈海底有他们的骸骨。

三

现在，你们作为新时代的开发者来了
我看见海岛在敞开胸怀接纳你们。

我看见黎明时候海岛上空的早霞
如大片发光的玫瑰
纷纷散落在你们头上。
我看见你们穿过红色的晨曦
沿着用脚踏出的小路向树林走去
避霜花和海桐树上面
成群的白色海鸟的下面
是一公尺深的鸟粪堆积层
那是祖国集体化农村所需要的肥料
你们把它铲起，打包，扛到海边
装上轮船，把财富运送给祖国。

我知道你们喝的
是从千里外运来的大陆的水
每日的粮食和菜蔬也在遥远的大陆生长，
生活中的一针一线
无不带着家乡的气息
你们以英勇的劳动来建设边远的疆土
来支援家乡，也保卫家乡。

四

中午，当海岛在热带的太阳下燃烧
我又看见你们以轻装出发
头上潜水镜，手中铁矛和砍刀
撑着小舟越过隆起的浪峰
来到深水作业地区。

我看见你们一个个跃入水里
潜游到海的深处；
我也通过潜水镜向海底瞭望
看见礁石上长满五光十色的珊瑚
好像巉岩上开满四季的鲜花

这边是绿色枝条缀着红蕊
那边是紫色树上盖白霜
有春天篱上的玫瑰
有秋天园里的丛菊；
在花的上面，枝条的四围
有金黄的蝴蝶在闪光
有蓝色的小伞在升沉
少女艳丽的花裙在飘舞
当海在波动，我看见月光下的花影
看见雨中的柳枝，看见风中的花瓣
以及夜空中闪烁的星群……

你们在珊瑚群中游动
如一条条灵活的鱼
当你们发现一条潜伏的石斑鱼
或一团的白色的刺球鱼
立刻挺着铁矛向它刺去
然后迅速浮上水面
矛头上挑起还在挣扎的捕获物
那是会吹气的刺球鱼，圆睁巨大凸眼
那是三尺长的墨鱼，连续射出污汁
最后它们平息在船舱中。

你们又空手潜入海底
不久就有四条大海参在手里举起。
你们手持砍刀砍珊瑚
近旁一条大鲨鱼正在窥伺
你们立刻游回船边
一手攀船舷，一手举砍刀
结成了坚强的防卫
凶暴的鲨鱼不敢进犯
缓缓向深海游去。
你们也在水底探看洞穴，翻开礁石
找出各种美丽花纹的贝壳
这时，世界上最华丽的色彩
在你们手中照耀！

这样劳累一天之后
生命充盛的你们在黄昏举行球赛
在月光下参加舞会
弦歌丝竹一直响到深夜。
而有时，你们又乘着月色到海滩捕海龟
在宁静的沙上，海龟缓缓爬行
它们在高地的沙中产卵
然后爬下海滩

这时以迅速的动作把它掀翻
巨大海龟就束手就擒
你们永远怀着一颗渔夫的心
要把海的珍宝，更多地
献给祖国和人民。

五

五星红旗在热带的云中歌唱
告诉我关于海岛光明的未来。
你们不仅是遥远海岛的开发者，保卫者
而且也是海岛的建设者；
新的生命正经过你们长满茧子的手
不断在这岛上出现
最初种下的椰子树正在展开绿叶
新开的菜园正在炎日下开花结籽
新辟的平地将出现崭新的气象台
有无数小木屋将沿着林中小路展开
并将给这海岛带来最初的小居民。

你们的生活是一支美丽的歌
现在只唱出第一句。

我相信，经过时间的淘炼
那些侵占我们土地的异邦人
有一天要认识我们的力量
让他明白，西沙群岛是我们的门庭
强吞诈取，这绝不是适宜的时代
为了这一天的到来
你们还要踏平更多的风波
远方的涛声，也预示你们更远的航程
让我们向南海新的一天欢呼吧！

1957年3月14日
西沙群岛的永兴岛上

海 岛 姑 娘

从这块岩石跳到那块岩石，
像羚羊一样轻快敏捷；
她的光脚在撩动云雾，
看来如同两只雪白的飞鸽。

她的胸脯这样饱满，

是不是储藏的生命太丰富?
海的光明全部照在她额上,
为什么眼瞳却似深不可测的海底?

她是盛开的春花一般年纪,
热情的脸上如山桃带雨,
精致,明媚,善于感觉和永远欢愉。

她终于发现什么,来在榕树下伫立,
凝望远处海上隐约的白帆,
好像女皇在等候凯旋的船队。

1957 年

波　浪

永无止息地运行,
应是大自然有形的呼吸,
一切都因你而生动
波浪啊!

没有你，天空和大海多么单调，
没有你，海上的道路就可怕地寂寞；
你是航海者最亲密的伙伴，
波浪啊！

你抚爱船只，照耀白帆，
飞溅的水花是你露出雪白的牙齿
微笑着，伴随船上的水手
走遍天涯海角。

今天，我以欢乐的心回忆，
当你镜子般发着柔光
让天空的彩霞舞衣飘动，
那时你的呼吸比玫瑰还要温柔迷人。

可是，为什么，当风暴来到，
你的心是多么不平静，
你掀起严峻的山峰，
却比暴风还要凶猛？

是因为你厌恶灾难吗？
是因为你憎恨强权吗？

我英勇的、自由的心啊
谁敢在你上面建立它的统治？

我也不能忍受强暴的呼喝，
更不能服从邪道的压制；
我多么羡慕你的性子
波浪啊！

对水藻是细语，
对巨风是抗争。
生活正应像你这样充满音响，
波——浪——啊！

1962 年

山　　雨

为什么山雨来时常有狂风
吹得树枝折断屋瓦飞扬
迅雷闪电又来助威
倾盆大雨遮天盖地？
但是它又渐渐消失，

于是每一丘垅田挂着瀑布
每一座山峦格外青翠
河流宽了道路净了
忧患的心呀不要哭泣！

1969 年

新　　叶

新叶呀！
你迎接另一个春天，
伸出这么多透明的小手，
捕捉每一缕游丝般的阳光，
看着你我就再生希望。
我也想学习你的榜样，
每天都有新的追求，
迅速地朝更高处生长，
向更广大的世界展望。

1969 年

萤火虫

虽然是生长在腐草中间，
对实际生活也毫无用场，
但人们都喜欢你那一点亮光，
在幽暗的夜色里静静地飘荡。
现在我把你俘获
保存在透明的瓶中，
经过一昼夜的囚禁
还不肯熄灭你小小的光芒。
也许你有心这样，
也许你是在对我说：
任何情况下都不卑视自己，
到生命的尽头也依然发光。

1969 年

桐花

春天来时万木争开繁花，
春要归去百草都无情绪；

唯有桐树，当雨过天清
在村边道上展开一片光辉的水晶
献出它对春深眷恋的心意。
它为春开花，为春灿烂
为春饯别壮行色
把暗香混合在尘埃里，
把落花铺满了青草地。

1973 年

霜　　风

风在夜间改向，
吹得树枝嗖嗖发响；
有人告诉我说
明朝必有霜冻。

欢迎，渴望已久的霜！
这一冬天你藏在哪里？
雨总是三天两头地下，
这使我担心
冬天不压倒一切

春天怎能够来到?

空中闪耀着星斗,
树叶在暗中凋落。
不用站在空虚的门口
不用倾听过客的足音
风声重复着一个名字
我在做春天的梦。

1975 年 1 月 18 日夜

灯　塔

高举彻夜不熄的光明
照临四围深不可测的阴影
使荒漠的海域不再死寂
在黑暗中心激起海之恋情。
那幽光从波浪与巉岩远射出去
无视于大海汹涌咆哮的警告
像飞流一般倾泻狂喜的爱
感染每一颗夜航中海员的心。

仿佛作为自由的报信者
闯进这萧索的时代
为了播送欢乐
忍受暴风骤雨的袭击
挺身和苦难斗争
生活是由愤怒和对人的热情构成。

1975 年

玉　华　洞

一

稀疏的、细小的雨点
飒飒地落在红透的枫叶上,
寒风
吹动在荻花净尽的芦苇丛。
阴暗潮湿的冬天啊,
你不要将忧伤带给我!

我不爱任何
战栗畏缩的树，
也不喜欢恐怖的深渊，
我要航过生活最广阔的河
向着最自由的海，
欢乐的风为我扬帆。

这不是你，冬天的冷雨
护送我这一次行程，
而是你催开的河边野梅
和山苍子淡黄色的蓓蕾
用它们的清香
陪伴我的长途步行。

来到山下，仿佛有
什么东西在无言中等我，
也许在大地的腹腔里
藏有什么秘密的书
要我去阅读？

于是我进入岩溶的地穴
带着人间的爱

来拜访你，玉华洞！

二

这是谁的住所
还用得着石将军把门？
从黑暗中
可以看见冬天的风
进洞的丝状痕迹
却吹不动挂在壁上石的渔网。

旁边一领石袈裟
和尚却只留一个头，
这里不是他的地方。

这里是完全的黑夜
虽然也有不发光的灯；
洞顶有烟熏火燎的遗迹
这是几世代的人
点燃松柴探看
掩盖了你本来的颜色。

三

这里有被描摹的自然
却都在停止的状态。
一片琥珀色的天空
低低地悬在头上，
这是可以抚触的天空。
一条彩虹分隔晴天和雨天
这边照着不闪射的阳光
那边布着不移动的雨云。

永不消逝的闪电
唯一可以捕捉的闪电
它从来不发雷声
被封固的暴风雨，
僵化的瀑布，凝止的雪崩，
死寂的浪峰，都似在梦中驰来。

银山傍着金山，
灿烂如丽日当天，
水晶铺满峰峦，
金粉落在巉岩，

露水经过无数世代
依然在树枝上闪光。

不可思议的石上脉络
形成天空中的地峡。
冰冻的湖
可以看见波浪中的盐。

高山上月出——
这是不发光的圆月。
正对着坍毁的塔
升起石的烟雾。
海岸不再浪涛滚滚
船在岸上过着干枯的生活。

四

向导对我说，那一片圆穹
镶嵌着八仙归洞的图景，
伸出的腿正好踏着一片红云。

陨石裂缝中的剑，

战将的头盔和锁子甲，
在那黑暗的水牢中
白衣的薛仁贵背着唐天子
从敌人包围中冲杀出来
被冻结的呼声留在张开的嘴里。

痴心的情人，对坐相望
注视的泪眼一瞬不映，
有谁能摘掉冰的泪滴
使这幽深的洞室
不再有悲伤的故事？

被捆缚的猛虎，
被蹂躏的花朵，
颠覆的锅，
无烟的灶，一切都表示：
不动便是死亡
停止便是毁灭。

五

啊！石头如果有语言，我求你

告诉我
这最悲惨的历史，
古老的洞穴呀
给我指出
那扇通往真实的门：

人对我说，那巨大的石棺
原是王妃的灵柩
因为生前贪心太大
为人神所共怒
死后被劈成两截
遗弃在这深渊。

玉华洞呀，告诉我
那传说中的王
是不是为无上权威弄得昏聩
相信自己的金口能创造一切
醉心于无声的秩序
使歌喉冻结
笔端凝止？

告诉我一切被掩盖的事实：

那个孔雀般炫丽的妃子
为什么要剽窃玫瑰
每天变换服饰
向一切使节送媚
而对臣民白眼？

覆盖悲哀的沟壑呀
把你最深的痛苦告诉我
因为你是正直的，你不避权势
烟熏火燎的岩石呀！

六

生活在风暴的时代
轰响中也有静默。
玉华洞呀，要通过你
死了的嘴说话
这是不可能的！

我不向你苛求
让我们告别吧！

经过石头的暗夜
来到朦胧的黎明，
沿着人工的石级上升到地面
呼吸着雨后温润的空气
好像梦游人，我返回
生动的世界……

1975 年

崇 武 半 岛

不论走北岸或是南岸
人都不自觉向海凝视。
对于广阔天涯的爱
谁能够阻止？
即使终日在那里怅望
向遥远地方失神沉思，
即使看得不太远
想得不太深
也总比陆地多些回味。

一缕缕的阳光在空中悬挂，
一只只落帆的船
沉睡在迷惘的光辉里。
退潮以后的沙滩，
凝然不动的岩石，
除宁静以外别无其他心绪；
可是海波娓娓的细语
告诉我的都是风浪的故事。

在入港的悬崖上
有甚深的罅隙的巨岩
如龙的咽喉，
它曾经对风暴怒吼吗？
在一起狭窄的小海湾中
风和浪把海沙带上高峰
如白鹤飞升
它已在云端消失了吗？

像放在瓷盘上的水果
错落有序的三个小岛，
似梦中见过的浮动仙山，
放射永不衰败的迷人的光；

为什么心灵向往的地方
却无生命赖以依存的泉源?

堆叠一样坐落山坡的村镇
那些拥挤的街巷,
那些狭小的石屋,
却住有周游各国的大力士
远航数万里的水手,
风浪中的英雄,
谦逊而好客的捕鱼人,
没有一个嫌弃这贫穷的瘠地,
也没有一个不具火热的心。

大路上走过成群结队的姑娘
一色戴着黄花般的斗笠,
肚子上亮出雪白的银练,
陨星一样的流盼,
明月一样静娴,
纯粹是地方色彩的装饰固然可笑
心灵却像海水一样鲜明。

海把绿色分给青山一半,

留下堇色的烟，草色的水。
但愿我在这烟和水上面
飘着这颗沉重的心，向那
万古常新的云。

1975 年

紫　竹　院[①]

风在竹叶间轻舞
水在柳梢下流动。
你的眉尖
你的唇上
为什么有忧伤？

树影被衣衫留住。
花光把颜面照亮。
在凝视里

---

①诗人说过，这首诗和下面的《湖上黄昏》《雨后樱桃沟》《十渡》皆“为《今天》的玩伴而作”。

在沉默中
心为什么惊惶？

1977 年

湖 上 黄 昏

金色的沉静
水面如镜
在落日霞光中
玉泉山像火焰中的水晶
你坐在船尾
张着一双梦幻的眼睛

温暖的湖水正回应
你心上的歌声
为告别夏天
换上游泳衣投入水中
身体在暗影里
脸似满月浮上波纹
嬉戏的浪花渐渐消隐
暮色已深

你伸出手臂扶在船后
让船拖着向岸靠近
温柔的夏夜
照耀在你额门。

1978 年

雨后樱桃沟

只不过是几分钟
风就把草尖上的雨珠吹干
新的园林，有如柔软的地毯
在蔷薇架和松树之间
多么光辉
多么新鲜
好像最后的时刻最值得留恋。

光明的草坪，光明的山
一切都沉默
只有孩子的欢声搅动云天
仿佛这时他们的歌舞

是为了烘托这
美丽的大自然
无声的大自然。

夕阳挂在山巅
阴影起自灌木下面
有明亮的风
明亮的草
明亮的孩子的眼睛
连同黄昏溶入心田
再不存在什么忧伤黑暗。

1978 年

十　　渡

荒凉中的美丽
没有必要诱惑我。
纵面削平
如金字塔形的
酣梦的山，

绝壁有小鸟欢叫，
没有必要诱惑我。
静谧的清流
不是耀眼的闪烁
只有滟潋波纹。
深谷的微风，
云石一般温柔，
月露一般冷，
没有必要诱惑我。
向晚微光中
轻风舞弄长发
像残云，像远波；
你，
没有必要诱惑我。

1978 年

双　桅　船

落下两片白帆
在下午金色的海面上

像落下两片饥渴的嘴唇
紧贴着大海波动的胸膛

在它下面
是随着微波欢笑的阳光
在它上面
是含情不语的风

我想
这就是船对海的爱
和周围对这爱的颂扬

1978 年

常林钻石

无上的珍宝，大自然最美的结晶！
你形成，是哪一次惊天动地的
火山爆发和巨震？
你诞生，是在怎样的狂风暴雨中
和怎样的飞灰流火下面？

那时候，森林是怎样地在燃烧
山岳是怎样地被摧毁
大地是怎样地再改造？
那灼天的高热，又是怎样
把一切物质重新组合？

仿佛是作为一次大变革的纪念
你于无人知的地下储存
忍受长期黑暗的埋没
耐心地等待你所期求的
值得为之献身的新人出现。

当你处身在深邃的地层
僵硬，冰冷，微贱而无光无色
经历时间和风雨无数次冲洗
你逐渐显露，逐渐呈现光泽色彩
藏身在流水下，又为泥沙掩盖。

终于来到了人类的春天
终于来到了懂得你的人
你与无数动人的新事物

同时被发现，你是新时代
一个灿烂辉煌的象征！

在你之中，有无穷希望的虹影
有朝霞与万里碧波，万里晴空
有澄明透彻的流水般的梦
有千百万人理想的光芒
于你水天辉映的波影中闪烁。

对于黑暗和愚昧的年代
你唱出葬歌，那缺乏、贫困、落后
将在你光辉照耀下日趋消亡
谁都为生你的土地感到骄傲
谁都对发现你的人怀着崇敬！

你不是孤独的，你的兄弟姐妹
以无声的号角响遍沉睡的大地，
唤醒人的思想，向一切
寻求最高的美，连自己的心灵
都要无愧于你深情的馈赠！

1978 年 8 月 10 日

海　　啊

像深渊
像高墙
摧毁帝王的权力
遏制疯狂的思想
包容宇宙的真理
唱出人类的信念
养育无数生命
诅咒霸主的灭亡
交织绿色波纹
像希望
像蔚蓝中的浮云向天外
追求永恒的力量
不是梦幻
不是迷惘
猛烈扑打灾难和阴影
把暴力撕成碎片
以浅蓝的波浪
张起正义的琴弦
永远用胜利者的眼睛

至高无上的欢乐
冲破一切界限跳动万古自由的心
海啊
你是我们的愤怒
又是我们创造的欢欣

1980 年

敦煌莫高窟

绝静的茫茫砂海
有一短线绿树
曾是戈壁中的绿洲
随着玉门关那阵春风
悄悄埋下瑰宝
这天人合一的洞府
在丝绸古道上沉睡千年
剥蚀的洞穴一度隐没
现在复苏的源头
向我兴会淋漓地展露

希腊雕像
渡海成印度佛的形体
又横贯沙漠
与西域中原智慧融合
产生东方壁画彩塑

象征性的城
蒙古包的帐顶
人首蛇身的女娲胸怀日月
伏羲手持木规墨斗
西王母与东皇分乘龙凤
扬幡持节的方士前引
脚踏覆钵莲花
观音温柔妩媚的神态
以唐代女子的光艳照我

一切又都是人间的折射
修眉大眼的男子
穿的是王者的服装
番兵番将战马成阵
民族英雄的出行
人世的威风胜过天国信仰

无遮大会是
尽日笙歌的帝王生活
幻想中的净土
举目都是琼楼玉宇
宝相花的毫光
普照神和人的居所

中国绘画的线条
表现动势变化的衣裙
手持莲花的女子仰天冥思
凛凛若神明
洞察一切的睿智浅笑
是对现世的超脱
悠然自得的伎乐天
飘动在雨花流云之间
那欢乐的想望
是思想的雨和雪
给荒芜以永久春天的洪流
半裸的雕像
对人体的颂扬
注入被压抑的心
以时空的永恒

弥补万物的距离和空虚
虽然种子尚在梦乡

因为现实太丑恶
所以神才美丽
热烈气氛有如狂迷
是音乐和声般的强烈音响
衬托庄严的主题
心的宇宙
醒神的风正在起落

让真实
从神话经典中解放
自一个无始无终的梦

1981年

古尔班节的鼓声

天山来的轻风
吹响钻天杨的枝梢

拨动连眉俊美的巴郎
踩着节奏颠簸如浪的舞步
使得围观的少女们
飞快嗑着葵花籽
忘记收敛星一样的目光

归牧的马蹄
敲击坚硬的小路
摇震山头明月
飘然升空
毡房也随之活泼起来
响着锅盆碗勺
闪射家人欢聚的笑容
行进中的军队
步伐整齐地踩着戈壁的砾石
渺茫的远山
吹起悲凉的角笛
到现在还听见长矛相拨
那往昔艰苦的征战
虽然已经成了遥远的记忆

乌孙山下的绿洲啊

各族人民年年都在呼吁
祈求早日结束贫穷
祈求爱情更多光芒
就在这初冬的击鼓中
起落抑扬
心扑在协调上

1981 年

飞 天 之 歌

一

千年的岩壁上
御风的女神
丰满圆润的面型
如外层空间的航天人

不受造像量衡的约束
升华而美化

自由飘浮在空中

升起，升起
旋卷的飘带飞动
伸腰以手臂拨云
留下每一个美的姿态

对非现实世界的憧憬
舍弃步伐的年代
出现比羽人更理想的翱翔

一切幻想都因为痛苦
大地涌动悲伤的泪
笔画锋利如刀
是画工们倾吐千年屈辱

再加以推波逐浪的花草
以同一速度流转运行
满壁都是风声

二

宗教的深情
无邪的神秘爱抚
心中欢喜无量
脱身上衣以供奉佛

极乐世界的往生灵魂
生在七宝池中
都是莲花的化身

从天宫凭栏的伎乐群中
投身下界
迎风飞扬的垂饰响动
曳地长裙化作飞虹

一尘不染的挚爱
向往欢乐无穷
抵抗历史的风霜

没有一丝羞涩的袒露
是最美的生命之杯
以天体的柔情

给人世温暖

飘逸的秀骨清相
是灵魂不死
以感官的快乐作证

三

曙光的颜脸
长长湿发
纤纤素手似雪
赤露肩膀映照晚霞

在星辰的海中仰泳俯泳
无风之时也飘着
盘旋在气流中

拥抱一天的风
在没有路向的天空
微波般推进
一切都柔软如梦幻

不知疲倦地飞翔

把天拭抹干净
有更轻清的大气可供呼吸

千瓣菊花在九霄舒展
周天都盛开玫瑰
被永恒保护的胴体
纷纷飞向梦境

没有重量的星
热切地审视大地
以无声的冲波倾注希望

四

闪烁的银光
明亮的水晶涟漪
在天籁无语中
星光垂下沉默的影子

空无的青云之路
激浪覆落身后
渴求绿野在远方

太空晨曦长驻
一如钻石永生光辉
星星嬉戏在碧水
朝霞繁花似锦

通往天河的路上
倾听千年云的喧哗
报晓的钟声四起

1982 年

阳　　关

为有一首绝句
后来变成了歌曲
在送别时候反复叠唱
于是你成忆念
在一千年中
谁都对你想望

事实是一场洪水
不知在哪一年

把你变成为古董滩
不见经传
旅行者从你的废墟上
捡拾玉石和铜钱

现在只能从烟墩残迹
猜测你的方位
仿佛那些砾石中犹存
遥远年代回声震响

1982 年

云冈石窟

你啊，塞上的光辉
古战场开出的一朵玫瑰，
游牧人的王朝有了你
一千五百年后尚留痕迹。

混淆告别和引进的时代
并没有狭窄的传统要保守，

来自旃陀罗的艺术，开创了
综合中外文化的先河。

雕刻不是巫术，千年来
形象向后代说话，
贫贱者的匠心和愿望
远远超越了宗教。

幽香游走石头的身躯
肌肤饱含着弹性，
无始无终的意象，默默中
撞击我的心灵。

拍天飘带，会飞的衣衫
伎乐天在洞顶展翅，
弦声与花草一同震响
把人卷入众梦中。

生命向一个希望追求
渴念神明如渴念曙光，
感情化成石的语言
狂热中注满哀痛。

柱上千佛盘腿端坐
爱和慈悲在每一尊的嘴角，
潮湿灵魂发出生动微笑
永远不会从石壁隐没。

虽然不再是山堂水殿
也无烟寺相望，
低低的残岗有如破城
风雨尚未把一切消灭。

盗往海外一千四百躯
斧凿遗痕新鲜如昨，
肃穆旋律里的巨大忘却
往神圣的歌调中渗进感伤。

可怜的孤独淹没了你
以时间暗夜的潮水，
阅读破壁残雕
犹是历史的巨著！

1982 年

龙 门 石 窟

一

驰过平畴，来到
伊水的天然门阙
两山相对峙立
好比鬼斧神工劈开

中间一条河，素练衬青带
叫人忘却人世思虑
翩翩冥想，从历史的
高山峡谷飞来。

穿过蒸腾紫雾，踏步
泓溢的漫流
锣鼓洞前，观澜亭上
都不过是入境的必要点缀

只有那些深邃洞府，那些

成千上万的苗条形体
在紧密流畅的衣纹之下
幽暗中的石莲才忽现异彩。

二

半壁飞翔，围绕宝盖
迎风，天衣飘舞中落在
荒芜冷漠的岩上
转瞬间百合花傲然怒放

使周围香气四溢，仿佛
爱情不能用言语表达
要以动作，以神情，以
静默中的矜持端庄

暗示出来。以丰满面相
庄严中含着温和笑容
秀丽典雅的项间横纹
生动地现在胸部隆起之上

从这充满束缚的世界

获得自由，通过非人间的信仰
把人的胴体神秘化
用青烟缭绕中的幽光。

三

因为今生错过，才从前代
记忆暗恋着的形体
比现实更为完美
魂梦中寻觅过无数次

那就是女皇的再生
华山圣祠传奇的重演
在人世之外，低回天上乐音
带着古代彻骨的寒意

这是辗转思念中的恋人
在林莽和沙漠之间
在空茫的远星之外，最诚挚的
脉脉目光，在眼睫阴影里

藏含怜爱，波动在

幽深的大气层，如眉新月
在不可及的高度展开
寂寞且带愁思。

四

一颗被时空远隔的心
在虚无中临近，莫非
这是男子，未聆听乐园福音
绝望之后，把佛雕成女性

可怜的幻想，在无人看见的深潭
跌荡无希望的爱情
却被一双眼睛摄取，她怜悯
一切忠诚的仰望，于寂静

天籁的恋曲中，呈现了
寤寐以求的玉色宝相
意念在古代的天空飞驰
为想象的风所激扬

为什么大佛之旁还有嫔妃

披一袭藕色轻衣，娇娆飘洒
被风雨和时间冲洗
在烟霞中发光？

为人世所不完全了解的
极为复杂的人类幻梦
催人入迷而又容易消失
所以要找这条河，这片荒凉

把瞬间的爱慕之情，寄托
人神交往，以不可企及的神相
把日益纯净的心
留在千年不朽的艺术中。

五

给我以永不满足的人间爱情吧！
在衣着和裸体的边缘
死于古代一场热情
复活于现实的火山上

开垦生活的沃土，突破

一切界限，磨锐发掘的目光
进入新领域，不是迷仙踪
不是误入帝王的后宫

在海枯石烂之后
获得无限丰富的新时代
理应有比以前更辉煌的山川
更无尽延绵的地平线。

六

雨中开花的树，山头
发亮的云，在这古老天地间
为年青一代打开被封闭的生活
于离去之前，再造新的循环。

1982 年

香　溪

养育诗人和美女的河
体现过千年民族的苦辛

持久的思念搅动心波
今天将你仔细辨认
清澈见底的流水
有如坦荡胸襟
没有什么需要隐藏
你的儿女
才永远勇敢蔑视命运

1982 年

灞　桥

想不到灞河竟是这样宽
灞桥竟是这样长
离愁别恨的心
怎能再经受寂寞荒凉
所以要折杨柳
给眼睛增点绿意
当人告别在这桥上

1982 年 3 月 18 日

翠　　鸟

湛蓝的海一小片，飞翔
在清水河的急流上
无声向辽阔田畴
展开眩目水晶的翅膀
一只鸟唤醒了风
使山和
树都流动
我的目光追随它，有如希望
消融在青色里
隐没到绿光中

1982 年

晴　　海

万顷碧波浮载大小玳瑁
如飞快艇射出一道道白光
巍然的天涯石

激起升高的雪浪
海鸥就滑翔在这海花上

阳光懒懒自遥远
空气睡意丛生
蓝天似乎淡化成绿光
温润的热风
送来礁盘爽气似梦

对人类的爱终古未休
仰卧成温柔枕席
让游泳者平躺浮具上
又一遍遍洗刷沙滩
让拾贝少女欢笑追逐

愤怒浪头也化作沉静水波
默默包容所有不幸
任泥沙俱来
依然保持天地清明

1984 年

大　理

旷心洗目的大路
纵穿百里绿稻
田坎上坐着看青女孩
膝盖铺绣件
在飞针走线写一本人生长卷

微风吹入深草
有如天庭的细乐
这就是心灵的金子
日晒雨洗的感情
在永恒的春天闪光

似乎已经有一种语言
能和静默谈话
梦中的笑痕沾上露水
充满东方绿茵的恬静
只有纯洁的心能够产生

百花溪流来的泉水

响动一串串思旧乡音
我仿佛回到少年时
眼风因之柔软
生活激流并不排斥古朴幽静

把心归向苍山有生命的云
和那些洱海的女儿们
在自然中，在美中
幸福的信念和理想
在爱的深处流动

1984 年

神农架问答

游客：
车子越过“林区”大木牌
已经走了好几个钟头
为什么还看不见森林？

主人：

自从这条公路建成
“十年浩劫”来临
开进一个师
大树小树一齐砍
推光头一样彻底干净
四分之一木材运出
四分之三烂掉烧掉浪费掉
任务还是年年超额完成
为了不忘过去
留下震惊中外的标本
你看高坡上
四十六米高的铁坚杉
六人合抱的巨树
不是英雄般高耸入云吗?

巨树:
我唱了一千年的歌
呼吸唐宋以来的空气
岩石般布满铜色根瘤
跳动着不只是一颗心脏
晒焦的针叶
狂风吹乱的密密黑发

垂下临近地面
有一百枝手伸向四方
感谢屏风般山林
为我挡住冰霜和干旱
温热的大地，水分，阳光
都给我增寿
所以灵魂能够超拔
而永不衰亡
可是今天我形影孤单
没有伙伴
也没有爱人
我是神农架硕果仅存的哀伤！

游客：
在林区中心住了一晚
并未听见兽吼禽鸣
传说中的野人故事
不再扰乱这普通山村吧？

主人：
伐木者消灭了暗无天日
引进了大量光明

金丝猴已远走他乡
连兔子都扎不住
还谈得到什么野人！
车子马上就到华中最高峰
神农搭架采药的地方
现在看来多么平整
除了丛丛金黄的箭竹
什么也不剩
不过再走几步路
登上巴东垭
就有最美的风景。

巴东垭：
我是静默无言的歌
只展开千幅图画
色彩像海浪
沉重像钢铁
我是无法逾越的悬崖峭壁
用胸脯掩护山谷
制止狠心的砍伐
当风起云涌
雨点有如泪滴

我是高峰悲伤的号角
啊，建设我吧
让我成为向着长江
一面开在云端的窗口
为年青一代
献出崭新的美！

游客：
来到林区首府
松柏镇为什么没有松柏？

主人：
眼前这座宾馆
以往是古木参天
现在换上小花小草
排列汽车
张开丰盛酒宴
不是气象更加堂皇吗？

诗人：
一言不发已经三天了
沉默使我痛苦

想不到欣赏美也是殊死战斗
有时为了看得见
得当一个瞎子
宣扬盲目不是没有原因
把清一色当作标准
精神贫乏又目光浅短
对自然冷漠无情
世界上最漂亮的国家公园
十年中被败家子毁尽
以无文化自诩伟大
任何阶级都不要愚人
对发号施令者理智的怀疑
必须沉默，斗争，战胜。

1984 年

谢 朓 楼

蓬莱文章建安骨，
中间小谢又清发。
俱怀逸兴壮思飞，

欲上青天揽明月。

——李白《宣州谢朓楼饯别校书叔云》

风在无路的天空飘流
发出遥远年代的深沉叹息
看不见的小鸟，用黑管
试吹一段明天的旋律

生是爱的开始
死未必是爱的终结
伟大的永不竭止的追求
在一切上面留下感伤痕迹

像品尝欢乐一样品尝忧愁
让诗和生活融为一体
把自己整个放进作品中
不留下任何细微

再没有比在真切的悲哀中
更接近生命的本质
由此产生自发的灵魂倾泻
才如瀑布那样自由

不断向时代要求欢乐的权利
而且始终不渝
渴望生活的金樽玉盏
永远沸腾着广大的热情之酒

捕捉闪过心灵深处的火焰跳动
生活的真实都从感性开始
一切定型的观念都是假的
只有变动无常才接近真理

1985 年

横　江　词

横江馆前津吏迎，
向余东指海云生。
郎今欲渡缘何事，
如此风波不可行！
——李白《横江词》（第五首）

东西梁山双眉紧颦
江心洲绿树凄迷
云烟横空有如罗网
远古的波涛已成陈迹

西岸是霸王自刎处
千古从高处看只是一回首
失败者留有祠庙
刘邦又在哪里?

东岸采石绝壁连峰
参差缥缈在忧伤之外
天风吹不开月晕的天色
发光的只有诗的记忆

胸中的湖海开阔
笔下才有烟云飞扬
大丈夫心中自存真诚
宫廷锦袍有何贵重?

人如果自卑
头上黑暗就无比猖狂

历史不给怯弱者以同情
诗就是一种私下反抗

厌倦了造词遣句
空白之页留给荒野
抛掉最后的谎言
一切丑恶都离开眼下

自然中有声有色的生活
感情宇宙不带面具
一切无边无际的幻想
都具有大地的壮丽

1985 年

秋　浦　歌

与人步伐一致代价惨重
仿佛走向万人冢
不向传统帖然就范
也不转身退后

在两者之间自立境界

由于黄昏临近
更肯定生命的把握能力
精神上的高度更新
举止的绝对自由
迟开的花最美

1985 年

当涂太白墓

为什么海上的骑鲸客
却息影在青山下？
行为品格都惊天动地
死时却那么孤寂

为什么流放归来之后
只恋江南风物好？
目中既无君王
功名权势又有何用

人生各种际遇都短暂
不过是浅颦深恨间
为什么并无捞月幻梦
却自己成了诗歌的月亮?

渴马奔泉的文思
终止在浪游地
为什么那胸中块垒
至今犹叫人垂泪?

1985 年

醉　石

远古冰川的漂砾
只因为传说李白踏月来游
仗剑、囊琴、携酒
倚石把盏，绕石高歌

石头便有生命
一颗童心在里面

卧听鸣弦泉
长眠在明月碧空下

剥除黑夜宣布神谕的权力
使荆棘不得生长
能醉卧也是一种幸福
不必负载太多痛苦

1985 年

包　公　河

侵晓烦忧路
走过城墙遗址来到濠墩
瞻仰古时遗下纪念祠
人说濠中莲藕里面无丝
因为那个铁面人永不存私
自然和人事
竟有一个永恒关系的海洋
波动在众人以血酿成的观念中。

时间轻柔弹过廊下

揩掉生锈的铡刀血迹
伟大的天良在幽暗中燃烧
向外喷射红光融入宏伟
这就是正气
确立朴实无华在生活中的统治地位
不在压天的权势下畏缩
至今尚是发酵中名贵的酒
诗的祖国就是你！

1985 年

马　尼　拉

云影下道道船迹
细波远方是教堂尖塔
空地上遍布奶草
流动绿色柔情
不逝夏天
燃烧我的热带回忆
芬芳湿润大地
椰树沿边的海湾

玻璃般的夜
给静谧添上五光十色
雨在路面灯下溅起银花
木雕门外隐现王宫
主人的热心忘记时间流过
这仿佛是爱的旅程

1985 年 11 月 17 日

石　　林

大自然奏鸣沉默
伸起向天手臂
奉献我心中无声的神圣祈求
是凝固的爱在蔚蓝矗立
时间在上面镂刻温柔
消逝的岁月却是万古青春
不可言说的宁静笼罩着
世界上再没有比这无言的爱
更高贵更幸福的了！

渴望起源于世世代代的悄声细语
谁能懂得这原始美的语言
倾听挚爱的歌?
谁能在时间的每一波涛上
寻求失去的瞬间?
静穆之中
暗暗涌出深藏的思念
神秘既难接近
从内心发出惊叹

岁月残酷把一切磨成齑粉
唯有你姿态如故
在不停的嬗变中独立
对人世的盛衰毫无牵挂
对疑问拒绝回答
光的波纹永远为你颤栗
生命的形象从不疲惫
石头比时间顽强
沉默梦见永恒!

1986 年

海　神

一

中国中国，沿着黄河沿着长江
最初的海洋全是浪漫
巨大的扶桑树长在海上
仙人在那里洗足在那里吟唱

一定是很早就有人漂洋
秦始皇才命令徐福带五百男女
去求他个人长生的药方
无数帆樯桨橹沉浮在波浪

痛苦涌动在潮汐的弦上
离岸时就决心不回还
日本国留下他登岸的村名
又航向白浪滔天的远方

历史的创伤经过几千年

传说中的往事才发出回声
美洲发现了中国的楔形石核
还有覆斗式的巨大陵墓

过海的八仙也都是流浪汉
时歌时哭为人世辛酸
一个完全是民间的精神信仰
面对鸿蒙荒古一丸老太阳

啊，伟大的难以求索的远洋
澎湃波涛托起纤弱信念
以自愿委从的花朵
无言的温婉弯身向苦难

二

中国的事情充满怪诞充满离奇
诗神竟是滑稽的魁星
一个快乐俏皮的漫游者
在八极大荒翻腾

唐朝皇帝封四海龙王为海神

形象凶恶便失去万民亲近
后来找出韩愈做南海广利王
只因为他写过一篇祭鳄文

这个文人也得不到承认
因为天属阳，地属阴
最深情最狂热的海上崇拜
只能对女性产生

扼住海路咽喉的湄洲岛
南唐五代出现一个年轻女巫
营救一次又一次的海难
注定要在岩石上飞升

大慈悲即大英雄
二十八岁的青春形体
在岛上站成心的航标
掷过双眸镇住千年涛声

柱形的高浪旋卷而来
上下一片混沌
死亡之吻在帆外

舟子向天高呼神名

空中出现鼓吹之声
一阵香风自天缓缓降临
蝴蝶绕船双飞
桅杆上有神火坐镇

隐约看见她红衣飘振
黑发飞掠有如浪涛
胴体包裹灵光裙裾似焚
风吹雨折的枝上花开宁静

三

农历的三月是华丽季节
一千岁月磨亮的天空
荒岛彩绘的宫殿闪闪发光
一树大橐结满鲜灵灵的太阳

燧发枪频频轰响
祭神的队伍连绵不断
帆形发式波纹衣裤

如云在海湾的镜面散步

滚滚浓烟领我走进神话深处
黑暗中双眸洞察时空
叮当耳环在发丛寻找航路
嘘息吹开眼睫引出灯塔白光

肉体和灵魂都不能跨越死亡
信仰也曾经倒塌
历史冷冷如这荒岛
却也不能夺去最后一点幻想

认识你要经历一番灵魂的冒险
我渴望这一切不是虚无
用女性的柔情把世间温暖
深邃一如大海的梦

风波年年的国度
漫漫长夜传来天性的呼声
对人怜悯一些吧
给人多多的爱情吧

一再受风暴鞭笞
向你举起我的忧伤
让我为你眼睛透露的语言高歌
抚慰所有寒冷的心

1986 年 5 月 29 日

在 西 藏

洪荒的冰风在蓝天的回旋中怒吼
一切既清晰又朦胧
旷野和陋屋，展露与深藏
雪白与枯黄
大块色彩下蕴含沸腾的热情
如焚的白昼，如炽的炎云
生命的悲壮苍凉
因孤寂而变得沉重
命运进入新的夤缘
意识冲出肉体的束缚
无边浩瀚的美丽使我迷惘

再也没有什么广袤的大地
能有这种想象的自由浩荡
漠漠雪野在云下飞转
如梦轻烟飘过不为人知的荒原
寺庙的金色高墙
印满牦牛足迹的杂花草场
以豪华的寂寞
粗犷的寂寞
向苍穹论证大地的悲伤
灵魂孤独进入苍凉
有如命运那样不可抵抗

把意绪投寄无言的寂静
心灵进行另一次彻底裸露
身处大地边缘
感到混沌在扩大，飞升，飘逸
诉说人间无限的压抑
自由只能沿着已有的道路
荒漠不可接近
一切旅途都在梦中
那条漫长的来路
只有如雪的沉默到处富余

似乎永世洪荒的独语
已伸入我的灵魂
成为生活的真正信号

无数的高峰撑起梦境
瀚海一亿金星中窥见女神
风餐露宿的旅程
一尺尺侵入冥色
积雪峰顶是发光的忧思
高悬在命运的上空
通过使人憔悴的风尘
无人迹的荒芜
萌动大地的哀歌
用最强烈的无人知晓的沉默
颂扬宇宙万象
我永远不是单身

1987 年 3 月 7 日

拉　　萨

太阳最早照耀的地方
时间的脚步却缓慢地旋转
朝圣者沿黄昏河边
一面走一面转动手中的经轮
旋转的老柳树，旋转的八角街
狂信者趴下，五体投地
以身长在丈量信仰的一生
那是不是我?

生是罪愆，死是祭献
天葬台薰烟缭绕
精光的山盘旋秃鹫
投在地上的阴影催人泪下
最高天性的怜悯
全然圣洁的修行
孤苦伶仃披破烂衣衫
登上阳台便步入天空
阳光强烈，空气中飞扬金粉
日光城又是夜雨城

早晚的寒冷簌簌有声

为了节日的庆典
铜锣般的太阳叮当作响
仿佛心瓣被敲击
对于永不彷徨的灵魂
林卡是欢喜之地
金山上的金寺，大地托举莲花
纯洁在不纯洁里面
高贵在平庸里面
望见它就忘记一切罪行

上苍不公正的分配，构成错误的海
宛如荒凉的采石场
饥饿的山，嗥叫的云
千百年前熄灭的火
苍天暴虐无度
又蒙上面具

庄严华丽的佛堂，卑微简陋的住屋
相亲相爱有如情人
绝没有什么今天明天的奇谈

只有前生，只有来世
残酷在内心深处永远得胜

天真的狂热不断加强
以至失却现实的辨认能力
唯有谛听冥冥的上界
幻想做个采云者
在没有慰藉的地方寻找慰藉
那就是我，那就是我

1987 年 3 月

苏轼暮年在桄榔庵

月夜到江边汲水煎茶
雨晨出门是为写诗
有迎送的小童吹葱叶
辨别归路是认牛屎

也常头戴椰子帽
背负盛酒器

做个流浪民间的老歌手
踏歌颠步在荒野里

聚粪东墙下
凿井牛栏西
尊奉陶渊明不是为口福
平生不说愁滋味

本心潇洒如花
也并非来自禅意

1988 年

泼水节

超前的夏季
年中最后的晴朗
充满爱情的大地节日
所有少女都成神祇
所有胴体全怀春心
从干燥到潮湿
仿佛淋过一阵细雨

所有娇嫩之花
都染上火红火绿的艳情

飞翔的水散出雾光
肉色在青草地上飞扬
胴体的花淋湿之后
一朵朵曼妙无比
细读那裹身的黄衣
和紧贴的简裙
成熟曲线
麋鹿般纤细
东方华彩胜过天然宝石

1990 年

风雨黄鹤楼

九霄的宫殿
在雨中飞空出云
纷纷游客都成流烟
雷声震撼，远空无色
长江在天上横卧

汉水在雾中深藏

多次毁掉又多次重建
有如人民心中巍峨的火焰
迸溅出崇高的喷泉
千古江山第一楼
有多少永恒的秘密
在暗中演变

世间未见黄色的鹤
楼名本来自地名黄鹄矶
（天鹅古称黄鹄）
为什么后来鹄变成鹤
是不是东方神话的精灵
更能体现民族的感情

费祎是三国蜀臣
为什么在这里骑鹤登天
吕洞宾是失意文人
为什么来楼前拨弄笛声
难道英雄俊杰的末路
都成神仙

为什么崔颢有诗李白搁笔
是敬才高风千年一人
此楼无他专题的诗
算不算是个遗憾

1991 年

雾罩滕王阁

步上残雨轻掠的台阶
朦胧中倾斜着飞檐翘脊
往上好像浮在云顶
向下似乎看不见平地

雾气飘浮层楼
流飞的烟似幕布垂拂
赣江尚见几条机船
西山已被四合云气关闭

清新之爱的慷慨给予者
古老而常青的大地
造就了多少文人

写下多少动人的诗

王勃一篇序
使王侯歌舞地不朽
一千三百年中
已经二十八番生死

一样的天，一样的水
敢言无畏的后生在哪里
唐风宋式的新建筑
晚唱比古调总不如

1991 年

烟波岳阳楼

南来的潇湘雨
痛痛快快洗刷了一切
牌坊，亭台，楼阁
都化成非人间的轻盈
闪着金光的盔顶
似欲凌空飞去

大地在湖面浮现
城楼在上，云水在下
雨帘展开泼墨画
远山不见，近山似烟
浮天剩雾看作水波
拍岸涛声如湘灵鼓瑟

范仲淹淋漓的笔
安慰不了忧患的心
纵使八百里气象注胸中
也忘不了十年的荒唐
名楼胜迹受批判
水天躲不开风鞭雨箭

君山在茫茫处
如云又似梦
流传多少美丽故事
仍擦不掉千年斑竹泪
一座楼，两亭阁
又何止毁灭过三十遍

1991 年

醉　海

浪涛汹涌的大海
一朵朵迎向未来的花
永开不败的百合
无边碧绿之上的飞水
扬起了弦琴的弓
播送一阵阵的清新
朝向低垂的太阳

飞溅泡沫的号角
在万里长空的无声中
吹响黑暗的记忆
寒意侵远近
想讲的话都讲不出
感情的永恒在余晖中旋转
一切都如眸在天

在灵魂复苏之前
已经很久没有平静
流矢虽落

伤口淌出的字未消
晚霞在海面幻成血迹
梦乡的金色玫瑰在哪里？

热爱生命源头的眼睛
默默包容所有不幸
从失事中产生的思念
穿透秘密在夜半吻你

我迷醉你的潮流
崇尚你的涌动
为世纪指出新路
渴念都趋向你
自由的蓝色象征啊！

1992 年

渤　　海

正午的金针刺绣蓝水
片片的光羽向梦境漂去

渺远的天空下
庙宇一样的石岛
浮在大盆里
徐福的船队经过
其实是在寻找邻居

使所有岛屿仙气弥漫
气流描绘蜃楼海市
天之河许多银色的鱼
渴念着难以探索的现实
灵魂忍受不了空洞的词句
为什么不进入新的程序
航向伟大的未知
乐园不被允许
美丽颜色的招牌全无笑意
最真实的还是统治
到了回归季节
南飞候鸟遮天盖地
感情视野上再无幻象
光明落在海底

1992 年

长 山 列 岛

海之天国
北方的鼓浪屿
千年帝王欲望不死的仙境
从世外神山的谎言
到徐福三千扯风裹浪东去
从流放配军的沙门岛
到南来的海神庄严庙堂
古代东方海洋文化的丰碑
历史老人的脚迹
踏印群岛个个险峰怪石
大气透明密度差异
造成海市明灭在天空
变幻南柯之梦
几片飞云一阵细雨
就这样弥漫着千古仙气
京津的咽喉
东向丝绸之路的门户
刘彻、司马懿、杨广、李世民
都曾从这里跨海东征

留下唐王山和唐王城
戚继光坐镇登州也在这里屯兵
当风高涛猛白浪腾空
傍着海神庙的宅院水不兴波
通往东邻的千船百舸
太平泊地在元代达到鼎盛
珍珠门的大潮玉飞冰溅
风起浪峰轮番耸扑隍城门
依然是成山角到塘沽港
横亘海峡的必经之路
有灯塔和雾笛送迎

身后滑落风帆橹桨的时代
如今是机轮轰鸣
纵横阡陌的蓝色牧场
养殖架玻璃浮标
为庙岛塘描绘全部的图景
天海石梯直下
伟岸陡峭的悬崖劈山之旁
红楼白舍鳞次栉比
富裕文明的渔村
照耀如波涛千堆雪

院墙内的无花果树
街道边木槿的粉瓣红蕊
草盛林茂翡翠谷
在龙尾坐看黄海日出渤海日落
不是神仙也身临仙境

凌驾江南天堂旗帜
引出动地歌吟
阳光、海水、沙滩
大自然的彩笔
饱蘸日月的光辉
视线升天入云
月牙湾十里珠玉
万鸟岛白羽蔽天
到处是绿色浸染的空调器
历经千年清洗
人生的所有宠辱俱忘
何需幻想长生

1998 年 10 月 24 日

海 上 丝 路

一

养蚕缫丝，中国古代人民的
伟大发明。传说黄帝后妃
嫘祖是始创者，四川德阳人；
近时三星堆的考古证明
古代蜀国是黄河长江之外
第三个中国文明发祥地

最初是驯化野蚕，至今在东北
犹把蚕养在柞树上，织了的柞绸
仍是夏季衣料的极品。
公元前三世纪，中国即已经
以盛产丝绸闻名于世
被称为丝国

丝路最初向东至朝鲜、日本
到西汉张骞出使西域

向西的陆上丝路才形成
经过沙漠中数条绿洲地带
把精美绝伦的丝绸输到欧洲
那里称中国丝绸为金布

这些丝路又称绿洲路
联系亚、欧、非三大陆的
中国、埃及、巴比伦、印度
四大世界文明的摇篮
而抵达欧洲文明发祥地
希腊和罗马

这是古代以至中世纪
世界的和平友谊的通道
来往这路上的是商人、旅行家
官员、工匠和宗教家，载入史册
有张骞、班超、法显、玄奘
马哥波罗、安息王子罗马使者

“这是一条漫长、艰苦
充满危险的旅程，印度人和
中国人在途中，死者

十之九”（尼赫鲁《印度的发现》）
所以唐僧取经在《西游记》中
被描写得出神入化

这条陆上丝路
把许多农作物传到中国
最早为葡萄、苜蓿、核桃
然后是大蒜、香菜、黄瓜
芝麻、花生、豌豆、蚕豆
石榴、棉花、菠菜和西瓜

而花中之皇玫瑰、郁金香
却从中国走向世界
意大利的空心粉
为马哥波罗带往
东方和西方互相交流
乃是人类文明的必然趋向。

二

丝绸外传海路先于陆路
公元一世纪，中国的海船

已带丝绸到东南亚、印度
公元 199 年中国蚕种传日本
南北朝时，中国派四名丝织工
和裁缝女到日本授艺

在玄奘之前，东晋僧人法显
住印度二十年回国取海路
七世纪玄奘圆寂之后
由于东晋南北朝时的回教东进
已使西域崇向佛教诸国消亡
继玄奘取经的义净也改走海道

义净从广州搭波斯船出发
历时两年才到达印度
无穷海天的空茫撑起信仰
孤寂中梦见飞天的翅膀。
公元 714 年，唐朝开始设立
市舶司，经过宋、元、明相沿千年

阿拉伯、波斯占主动的
海上贸易逐渐为中国商船代替
十五世纪初郑和巡海达到顶点

他把亚、非联成一片，九十二年后
达·加马发现好望角到东非
也由阿拉伯水手领航走郑和路线

可见郑和与后来的地理大发现
有不可分割的自然联系
明朝因郑和巡海和修筑长城
两项耗资国库渐空而厉行海禁
但东南生产的大发展
势必以走私队伍来冲破它

当时盛泽镇青草滩丝织业万户
丝织工人五万，岁出百万匹
明代海寇实质为反抗专制
加以国际海盗配合更为凶猛
安徽人王直被倭寇认为首领
称他为徽王

他的根据地浙江双屿
真倭只占十分之一二
与西方海盗只对国外大不相同
这是一段悲伤的历史

唯有潮汕人林凤，攻马尼拉不下
改赴婆罗洲，至今留有林凤港

郑成功也出身于海盗家族
信仰天主教，取名安东尼奥·郑
他收纳海上武装后来才到台湾
亦盗亦商为当时共同点
尤以闽南为首要力量
官方贸易遂为民间贸易所取代

海上丝路向世界奉献中国的
伟大发明：风水先生的指南针
从水罗盘到旱罗盘十六世纪
由葡萄牙传到日本再回中国
炼丹家的硝（火药）传到中东
阿拉伯称为中国雪，波斯称中国盐

木刻活字版到欧洲改铅字印刷
文学的桂冠由诗歌转到散文头上
而农作物新种也由海路来中国
黏米、胡萝卜、南瓜、番茄
红薯、马铃薯、玉米、烟草

向日葵、花菜、甘蓝、洋葱

海上丝路也促使陶瓷大发展
丝国逐渐变为瓷国
波斯和孟加拉生丝超过中国后
丝和瓷又由茶代替
对中国贸易的高额利润
为西方资本主义发展提供基础

十六世纪后，英、荷两个
东印度公司成海上霸王
中国海商一落千丈
十八世纪大宗鸦片贸易
海上丝路遂告消亡
无穷的蔚蓝成了动摇的墙
西方海盗举起毛瑟枪
消逝了东方的和风丽日
往日的光辉骤成一帘幽梦
唯有东南亚和印度的丝织筒裙
和缅甸的绸帽，记录了
不再的过往

三

中国西部多沙漠戈壁
北部酷寒，西南山叠岭重
可自东北至西南海岸线
有一万八千公里长
中国不但是大陆国家
也是海洋国家，造船开始最早

商代甲骨文就有舟字帆字
西周出现多人撑驾大船
春秋有了战船，战国楼船已形成
东吴泛舟举帆所向无敌
曹操八十万兵马因之大败
晋王濬灭吴在建业俘船达五千艘

在西方殖民者侵入前
中国航海居世界的首位
唐、宋、元、明都有重大海事
也造就无数海上雄才
让眼睛重新涌动着泉水
凝视黑夜尽头的朝阳

1991 年，联合国教科文组织
发起海上丝路的考察
从威尼斯始航到日本大阪结束
（在中国只停留泉州）
是亚洲太平洋崛起，而将
引发新世纪的新格局

其意义不仅仅是文化上的
它与全球战略谋划
有着极其密切的关系
早在 1907 年，美国第 26 任总统
西奥多·罗斯福就预言
“地中海时代随着美洲发现而结束”

大西洋时代正处开发顶峰
势必耗尽它控制的资源
而太平洋时代
这个注定成为三者之中
最伟大的时代
仅仅初露曙光

春风扑人颜面而来
历史又将峰回路转
中国不再是在破庙前
形销骨立手捧缺口的碗
让历史的陆上海上两条路
与郑和的壮举重新认识

两条丝路的胜地，北有敦煌
南有泉州，我心中的骄傲
海洋之歌已响彻千年
敦煌有敦煌学
泉州有泉州学，扬帆
迎风嘶鸣，航向——远洋！

2001 年 12 月 1 日

雁 门 关

恒山向北的余脉
中原锁钥的雁门山
复杂的地形让南飞的大雁

为寻找去路在上盘旋
因此得名雁门。周穆王
经此往西域于盘石上奏乐
一段埋入地下的竹简
作雁门山的开篇

西汉初，刘邦率三十万大军
敌不过匈奴四十万铁骑
白登之围后被迫
实行笼络的和亲国策
雁门山道不断传出
中原女子呜咽声
汉武帝派万人修凿雁门古道
十三次北伐匈奴，领军
卫青和霍去病都是山西人
李广为雁门守将
人称飞将军，匈奴避其锋
最后因迷路获罪
自称罪在自己，不在将士
引颈自刎

汉武之后再没力量对付匈奴

搁置多年的和亲又拿出来
垂暮之年的呼韩邪单于
来到长安称愿当汉婿
汉元帝赐后宫美女王昭君
单于大喜过望
立封为宁胡阏氏
为当年隆重的盛事
遂将建昭年号改为竟宁！

东汉时期，雁门山北
崛起鲜卑人的北魏王朝
雁门的关名初现北魏典籍。
隋朝首次有专管雁门关的职官
北宋时期，雁门关
成为宋、辽两国的分界线
雁门东西山崖峭拔
盘旋崎岖，绝顶置关
长达十里的峡谷中
车马不能并骑

辽国皇帝耶律贤率兵十万来犯
雁门关守将杨业率杨家将

向行进峡谷的辽军突袭
辽军死伤无数
后来辽再次兴兵
杨家将在雁门关外金沙滩
再次给予重创，乘胜
连破敌垒三十六座
并在周围兴建十八寨
北宋最后两个皇帝
徽宗和钦宗以及宗室三千
在金兵马鞭下缓缓走出
雁门关，北宋亡

明王朝开始雁门关长城的建设
有边墙、边关、边城，周围
十公里，前有两关四口十八隘
后有三十九堡十二联城
但是，辉煌的万里长城
并不能保证专制帝王长存
努尔哈赤崛起东北
改后金国号为大清，在吴三桂
引领下入山海关，大清王国兴起
新的强国却来自海上！

雁门古道也是商道
关外游牧民族
以马牛羊换布粮铁器
与丝绸之路齐名的玉石之路
新疆和田的玉过这里到达中原
以至云南。十八世纪
晋商从福建贩茶把商道
向北延伸到莫斯科以至欧洲腹地
但雁门关与战争和灾害关系最密切
山谷中到处洒遍血和泪

战国时期，赵国名将李牧
征战在周围，大破匈奴十万骑
雁门关上有李牧庙
庙前两大旗杆入云霄
后调李牧去抗秦
屡立战功，秦使反间计
赵王屈杀李牧在阵前
三个月后赵亡
晋大夫羊舌叔向

押解一批犯人过雁门
见久旱无雨泉断水绝
草木枯死，民不聊生
他令犯人求雨
如下雨即免罪释放
犯人烈日下焚香伏地
果真降了透雨
草木重生，十里而花香鸟语
羊舌叔向却因此获罪被处死
阳明堡掘地取土
建羊舌祠至今尚存
秦始皇派太子扶苏大将蒙恬
率三十万人修长城
秦始皇东巡路上
于河北沙丘暴死
赵高和李斯矫诏杀扶苏和蒙恬
立胡亥为二世
不出三年在起义声中
强秦烟消灰灭
今天太子河边有扶苏庙

赤山沟荒草中有蒙恬墓
现代无数天大冤案
诳杀忠臣和盟友，能逃脱
历史的惩罚吗？

2006 年 8 月 20 日于北京

鹳　雀　楼[①]

中国有四大名楼
黄河边鹳雀楼是其中之一
但它元代已毁于战火和洪水
人们却念念不忘
因为有王之涣的诗

名楼都有诗文给予永久生命
黄鹤楼壁上崔颢题诗
李白为之搁笔而声名日增

---

① 2006 年 7 月应山西《大众诗歌》之邀，与牛汉等赴晋参加诗人联谊会。这是已知的诗人生前最后的诗作。

岳阳楼因范仲淹的记
内涵骤然高大起来

滕王阁借王勃的序
连同落霞与秋水永生
而王之涣一首《鹳雀楼》
把盛唐凌云的气概
传达给世世代代

诗只有二十个字
既写眼前景，又写意中景
从静到动，由实升虚
有限中寓着无限
每一时代都能给以新的意义

作者本是太原人，在河北当小吏
因受人毁谤，愤而弃官
漫游黄河南北
过独立自由的生涯
抒写个人真实的感受

他的诗传下来的有四首

另一首脍炙人口的凉州词
起笔简要写出孤寂的大西北
落笔含蓄指责王族奢侈豪华
而不顾守边者艰难困苦

诗文既反映时代
又批判时代
这才是它完整的使命
既不能盲目歌颂
也不是无穷忧伤

楼本是北周时代的戍楼
位在黄河边的蒲津关
四座铁牛系着两条大铁链
中架浮桥，把中条山盐池产品
运往三百里的帝都长安

盐池边有关羽家乡
传说他出山前是运盐独轮车手
练就强劲臂力和高大身材
深受貂蝉爱慕，曹操灭吕布
有张辽引见，终于归属心上人

鹳是形体较大的水鸟
似鹤又似鹭，长喙扁平
爱在人家屋顶做巢
雀是形体较小的飞禽
总在高枝和屋檐上栖宿

楼临水，周有蒲草
鹳雀同楼成为胜景
长安的士子络绎来游
留下诗文肯定不少
独有王之涣一首流传至今

这不免让后人深思
今天，与南方的黄鹤楼
滕王阁一样重建辉煌
只是，鹳雀楼离开水边
因为它的北面是龙门

一泻千里，南面有华山挡住
使形成大片冲积平原
历史河中府变成河东府

又变成现在的运城
黄河西去百里外

鹳雀都不见，渡口也没了
四座铁牛从地下挖出
安置在高台上
唐代的繁华已经沉寂
大楼孤立在平野上

道路，广场，虽有无限光明
水池，垂柳，拱桥也赏心悦目
但生意经赶走了文化
花费巨资，有空壳高楼
能否产生新的价值？

2006 年 10 月 11 日，北京

辑三　情　诉

思念

我对你的思念充满春意
前面是
波纹鲜明的流水，
背后
展开一片绿色的原野，
寂静的云影下面
你的微笑有如鸟群翩飞。

我对你的思念从无静止
有如月之升起
掠过一层层的树枝——
你从我的心灵走出
沿着一层层的记忆
以焕发的容光照亮周围。

我对你的思念重返真实，
在有塔的山上
细雨蒙蒙中的缄默，
为倾心而永久等待
既无言
也未曾示意。

1974，5，31。

《思念》手迹

红　豆

亚热带的光泽，
南国的颜色，
灿烂妩媚如同春天的花蕊。
太阳整天在它的额上照耀，
阳光造就它智慧的眸子，
它的眸子有清晨纯洁的露水。
月亮在椰树的背后伫立，
用含情半闭的眼睛窥视，
因为爱和嫉妒而脸色苍白。
星星在远海的上空徘徊，
用只有青草能听见的低语，
整夜都在谈论它的美丽。
让我把这红色颗粒，
在不朽的心灵贮藏；
让我高举订盟的酒杯，
为永驻的春天欢呼：
太阳万岁！月亮万岁！
星辰万岁！少女万岁！
爱情和青春万岁！

1957 年

莺歌海月夜

和你并肩坐在海边沙丘上，
看那高处灯塔的黄光时明时灭
像是欢喜的心跳；
在你眼瞳中
也有远火在燃烧
起落如风吹烛摇。
而海天之上则照着一轮明月，
以和平的光辉将我们笼罩。

回想起那游击战争的年代，
敌人毁灭扫荡把我们逼上高山
也是这般的月夜；
但有谁欣赏
心中流动着夜寒
眼里有饥饿的火。
什么叫战争只有士兵最清楚，
这样的事绝不让它再现。

1957 年

玉兰花树

百尺的花木岂是寻常：
寒霜骤来不能使它凋残，
风雨交加更显得它的青苍。
它一身皎洁，
独立天际，
绿条广布，
花蕊深藏，
具战士的风度，
散醉人的芬芳。
早晨高托明霞，
夜晚拂拭星光；
虽淅沥于春末梅雨，
却狂放于初秋霜风；
纵花瓣落地
高干犹自排云直上。

1961 年

水仙花辞

一

淡然作水神的装束，
独立在春风浩荡中，
以明月和冰雪作精神，
以黄金和白玉作形象。
温柔如同兰草，
却高傲可敌寒霜；
一尺弱茎仅足自持，
犹敢与巍巍松竹争雄。
最可贵的是它满怀信心，
岁寒时候为春天举杯歌唱——
那歌声嘹亮，
那舞袖迎风，
那酒送寒流，
那杯照晨光，
还有一缕暗香
久久留在你心上。

二

玉盘金杯，
由翠袖双双高举，
年年把酒对君歌
岁岁报春为君舞——
如云中白鹭，
浪上海鸥，
一身冰雪舞东风，
斟酒放歌送寒流。
更有高风傲骨，
志士抱负，
不肯随缘进园圃，
生根传种山野间，
沃土肥田埋三载，
一旦花开供君前：
热情能耐久，
花香长依旧。

1962 年

夜

湖上雨后的夜晚温柔而神秘
低空静悬着黑色的天鹅绒
水面灯光照射的雾气宛如梦幻
湿漉漉的空气
沉默的水
寂寞那么深
黑暗好像在无声无息中缓慢地浓重

在一片幽暗中睁着几点不动的光亮
犹如渔火在朦胧的江上
油灯在深谷孤独的小屋
停落在草上的流萤
一瞬不眨的林中野兽的眼睛
在沉思默想的子夜
荆棘中燃烧的心

桥上高擎群灯的花圈
和一线橙色、蓝色的宝石
描绘出胜利日子的欢笑

酒杯上的红唇
喜庆宴会上的蜡烛
旗帜上的金星
还有衬托着暗绿色的鲜花
黄昏池边的罂粟
雨夜庭院的秋葵
阴晦天气原野上的兰铃
都是迷惑人心的在热情中的瞳仁

烘托这一切的是闪亮的水
夜在这里有如垂到脚踝的黑发
掩映着青铜色的肩膀
裸露的胸
光洁的肌肤
恍惚的目光
是对生活火热的爱的凝视

深远地方一片海港上空诞生中的黎明
那里留有高楼大厦的电光
掺杂着靛蓝的曙色
和颤栗的晨星
万有都为那将到来的幸福屏息

心头在鼓动着、燃烧着
一个渴望，一个幻想

寂静在用奇妙的耳语
讲着不声不响的一段心事
迷乱的目光凝视面影
像梦里一样相对无言
胸中有暗藏的快乐
千百次的黯然相思
持久的梦
难诉的秘密
都在这一刻得到解放

1964 年

泪　　珠

细雨无声沾湿你的衣裳，
第一次的眼泪滴落在我心上。

虽有无边的黑暗笼罩四野，

但所有的道路都引向光亮。

让我的心为你张开雨伞，
也让你的泪珠化作我的灯光。

1964 年 3 月 23 日夜

赠　别

夕阳的颜色以秋天最好，
当它流水般荡漾在草地，
当它照亮隔湖光明的雨滴，
当它涂染高空急飞的雁翅。
它给诗稿留下金色数行，
它给眼眸添上辉煌的泪。
不要恨它的余光即将消失，
月亮又在天上再接相思。

1964 年

思　　念

我对你的思念充满春意
前面是
波纹鲜明的流水，
背后
展开一片绿色的原野，
寂静的云影下面
你的微笑有如鸟群翩飞。

我对你的思念从无静止
有如月之升起
掠过一层层的树枝——
你从我的心灵走出
沿着一层层的记忆
以焕发的容光照亮周围。

我对你的思念重返真实，
在有塔的山上
细雨蒙蒙中的缄默，
为倾心而永久等待

既无言
也未曾示意。

1974 年

寄——

我仿佛记得
三月在高崖下
草木照耀着绿光
反射在你额发
心里曾萌生怎样的思绪
当我们坐在短墙剥枇杷

艺术已经淡化
我们感到悲伤
可是心里既不赞同，也不接受

当美再也没人理会
白日如同黑夜
连气候都是同谋者

没完没了的阴雨天
看到的都是灰暗

只有心灵为诗燃烧的时候
你才光艳照人
如果我能以语言
回答你独一无二的忧虑，请把
别人的悲伤盖过自己的悲伤
痛苦上升为同情的泪

1975 年

怀 念 山 城

有冰冷的河弯过木屋
那热切的脸向我凝注。
有如盖的树笼罩河上
那风的手指拨我心弦。

你是我黄昏空中的晚霞
我向你唱夕阳的诗。

而你的歌却是繁星
闪烁在我灵魂的深处。

我的诗只是萧萧黄叶
以温热的梦嘲笑暴风雨。
你的歌却似花的沉默
用永久的芬芳蔑视权威。

1976 年

爱情和自由

爱情呀！把你的勇气给我
那种敢于抛弃一切
又为一切所抛弃的果敢
那种为你而忍受万苦千难的明断；
追求使我坚强，
为你献出热诚从不疲倦。

自由呀！把你的信心给我
那种对权威不屑一顾的视线

那种从美中产生欢乐的信念；
热望使我专注
即使在失败中仍保有尊严。

渴望云霞的心呀！
把燃烧着的挑衅掷给太阳；
因为没有爱
真理孤独而且冰冷，
没有自由
美也片刻难以生存。

1976 年

木　　棉

花树中的英雄
秀丽中具有男子气概
被诗的火焰点燃
在天心展舒花瓣
闪烁着珐琅般光彩
惊人的潮红鲜艳

向人间高举忧伤和愤怒
有如明亮的光之海洋
杯形的心无法容下
热焰光芒四射
对着白天的云，夜晚的星
我都在你花中看到火
为了未尝到的欢乐
我握着这支哀伤的笔
以说出你的光明为荣耀

1977 年

距　离

在现实和梦想之间
你是红叶焚烧的山峦
是黄昏中交集的悲欢；
你是树影，是晚风
是归来路上的黑暗。

在现实和梦想之间

你是信守约言的鸿雁
是路上不预期的遇见；
你是欢笑，是光亮
是烟花怒放的夜晚。

在现实和梦想之间
你是晶莹皎洁的雕像
是幸福照临的深沉睡眠；
你是芬芳，是花朵
是慷慨无私的大自然。

在现实和梦想之间
你是来去无踪的怨嗔
是阴雨天气的苦苦思念；
你是冷月，是远星
是神秘莫测的深渊。

1981 年

等　　待

我的心像风筝断线在天涯
眼睛裹着忧思，当你不来
我数着阴雨和晴天
遇风起风落就猜
阳光、燕子、行人
都是我所期待，当你不来
我做梦：红叶，烟火，茶花
于幽暗的室内，都在
对你缅怀呵
当你不来

1981 年

花　　香

淡青色的小花，点点如雪的小花，
把芬芳从墙里向外四溢，
温馨，素净，和平，清新，

在这金色的黄昏
你是在思念着谁?
那含蓄了一天的热情,
那积累了一天的相思,
到晚来实在按捺不住了,
你到底要把这香扑扑的心意
奉献给谁?
我举头在墙上看到你,
低头又在栏杆的阴影里发现你,
你依旧是那样——
半开半合,
欲言又止。

1986 年 2 月 24 日

悼　　亡

冬天公寓的夜晚
最初陌生的感情
幸福沉睡的呼吸
以及黎明温暖的目光

那不再的柔情、温馨和笑容
都不知不觉远去了

春天桃花的长堤上
编造花冠戴头顶
整日欢乐感染云天
最初的热爱、魅力、纯洁
都不知不觉远去了

夏天刚刚过去的挚爱
秋天郊野的散步
冬天炉前互相取暖
初次尝到生活的舒心、沉迷、眼泪
都不知不觉远去了

铁道旁边的坟地
藤蔓攀延的墓碑
亲爱的人不再醒来
青春、热望、悲惨的生命
都不知不觉地远去了！

1992 年

倾　诉

一

语言，在朦胧的痛苦里
翻腾酝酿在我心中
犹如飘绕山头的云雾
等待海上吹来的风
为它解除负担
化为雨水
落在大地上

二

黄昏时候逗留天空的最后光亮
随着季节消逝的良辰美景
落潮后海上消瘦的弦月
没有爱情的黯淡眼睛

三

友谊，正是生命中的阳光和露水
它对年轻树枝最慷慨
比起爱情来
它也许逊色些
但是，在不可能中
它对我最宝贵

四

美不是依照规则创造出来
也不能做成某种模式
嵌入善或健全的定型中
通过热情的洪水而不受玷染
这可能吗

五

啊，命运！虽然你曾把我投入深渊
我却像睡莲一样重新开放
在女性的抚爱的目光下灿烂

六

正如幽谷清泉旁
在和畅春风中
轻盈鲜嫩的花茎
感到花萼开展
一直到大地的深层
都颤动着快乐和热望
亲爱的朋友我也这样
当你把可爱的小嘴微张
我感到生命的热流有如火焰
天地都充满异样的光芒
整个灵魂在飞扬
直向遥远的无垠的高空

七

我在我所爱的人身上重度青春
用她们的眼睛观看
用她们的脚步行走
也用她们的羽翼飞翔

八

我这信心永不泯灭
你就是把它烧成灰
磨成粉，把它当风吹散
它仍然要像武夷山岩石上
顽强的青苔那样
在生活的每一块田地中
带来不断生长的绿色

九

爱情同知识一样无穷无尽
也同真理一样长存光辉
你以为我的过去已经结束
我却是一切都在开始

1993 年

辑四　乡　土

鼓浪屿

黄金的沙滩镶着白银的波浪，
开花的绿树掩映着层层雕窗，
最高的悬岩又招来张帆的风，
水上的鼓浪屿，一只彩色的楼船。

每一座墙头全复盖新鲜绿叶，
每一条街道都飘动醉人花香，
蝴蝶和蜜蜂成年不断地奔忙，
花间的鼓浪屿，永不归去的春天。

夜幕在天空张开透明的罗帐，
变化中的明暗好比起伏呼吸，
无数的灯火是她衣上的宝石，
月下的鼓浪屿，在睡眠中的美人。

1956年。

《鼓浪屿》手迹

乡　　土

一条白色的无尽的道路，
一个衰弱的老人独自走着。

他的脸上染着很厚的灰尘，
胡须全发白，两眼陷得很深。

他是乞丐吗？他手上没有拐杖；
他是卖艺人吗？他背上没有行囊。

已经黄昏了，他走到一个村庄，
就在第一个见到的人家要求借宿。

主人出来问："你是做什么营生？
为什么这样大的年纪还在外头奔跑？"

老人听了，两眼泪如雨下，
用衣袖擦着泪，极其悲苦地回答：

"我是一个不会写不会算的庄稼人，

五十年啦，五十年日子都过得不太平；

“自从来了共产党，来了八路军，
穷人苦难的日子才第一遭有了指望。

“我想我老汉可以再活几年看看新世道，
哪里知道平地里又起了不测的风波！

“八月中秋可恨的鬼子进攻咱们边区
在山沟里把我们全家都捉住了；

“有好多好多的人呀都用汽车载着，
哭哭啼啼被强迫离开了乡里。

“到了保定府，我的老伴和闺女被分散了，
我和我带病的孩子被派去做苦力；

“只做了三天，孩子就辛劳病死，
我自己替他挖坟，把可怜的孩子埋葬；

“我想孩子死在异乡，多么冷落呀！
要是我，我一定要掀开坟墓叫老天！

“我不愿死在他乡，我想念生我的乡土；
我逃跑了，现在正走回乡的路！”

主人一听这悲惨的故事，脸色惨白地说：
“老人家，你歇吧，抗日的人民是一家！”

他坏啦！身体瘫软地躺在炕上，
发着大汗，已经是衰微的气息了。

主人安慰他：“你宽心住几天吧，
好好地休息，我的家就像是你的家！”

“不！你要害我，我不能再等了，
不要留我，我要回家！我要回家！”

当大家没有防备的时候，他逃了出来，
天还没有亮，初冬的风刺骨似的寒冷。

老人挣扎着，逆着风向西疾走，
忍住胸头的咳嗽，气咽得眼泪直落。

从清晨到中午，从中午到黄昏，

他支持着，最后那可爱的故乡已经在望。

然而，艰难的山路已使他筋疲力竭了，
他脸色死白，周身骨头像点上了火！

脚已不中用了，他用手爬行；
故乡在黑暗中微笑，故乡在欢迎他！

渐渐地，他爬上村边的堤岸，
突然，他颤抖着无力地倒下……

第二天，人们发现他死在当路，
两只冰冷的手还握着两把泥土。

1941 年

南　　曲

洞箫的清音是风在竹叶间悲鸣。
琵琶断续的弹奏
是孤雁的哀啼，在流水上

引起阵阵的颤栗。

而歌唱者悠长缓慢的歌声，

正诉说着无穷的相思和怨恨。

我仿佛听见了古代闽越谪罪人的疾苦

和蛮荒土地上垦殖者的艰辛，

看见了到处是接云的高山，

峻险的道路，

孤舟在风浪中覆没，

妇女在深夜中独坐，

生者长别，死者无消息，

一次又一次的战争，一次又一次的流血……

故乡呀，你把过去的痛苦遗留在歌中，

让世世代代的后人永不忘记。

1956 年

南曲（又一章）

南方少女的柔情，

在轻歌慢声中吐露。

我看到她

独坐在黄昏后的楼上，
散开一头刚洗过的黑发，
让温柔的海风把它吹干，
微微地垂下她湿的眼帘，
发出一声低低的叹息。
她的心是不是正飞过轻波，
思念情人在海的远方？
还是她的心尚未经热情燃烧，
单纯得像月光下她的白衣裳？
当她抬起羞涩的眼凝视花丛，
我想一定是浓郁的花香使她难过。

1956 年

鼓 浪 屿

黄金的沙滩镶着白银的波浪，
开花的绿树掩映着层层雕窗，
最高的悬岩又招来张帆的风，
水上的鼓浪屿，一只彩色的楼船。

每一座墙头全覆盖新鲜绿叶，

每一条街道都飘动醉人花香，
蝴蝶和蜜蜂成年不断地奔忙，
花间的鼓浪屿，永不归去的春天。

夜幕在天空张开透明的罗帐，
变化中的明暗好比起伏呼吸，
无数的灯火是她衣上的宝石，
月下的鼓浪屿，在睡眠中的美人。

1956 年

九鲤湖瀑布①

一

云和水的居所，
天半的湖。
一面宝镜照耀在巅顶，

---

① 作者注：明代大旅行家徐霞客三入福建，到过九鲤湖，认为它兼有庐山三叠和雁荡龙湫之壮美。这里地处戴云山东南余脉地层断陷的狭谷中，十里流程落差 432 米，形成九级瀑布。惜地处偏僻，道路不通，且有绝壁荆棘之阻，人罕能见其全貌。

垂下白色的流苏，
飘飞在悬崖上。
那山头，
峭壁与流霞相接，
薄雾在静寂中来往，
岚气映射绿光，
波涛在树梢飞扬。
从云中的石壁，
云上的路，
苔封的石梯，
我走向惊心动魄的绝崖边沿。

二

浪涛汹涌而来，
在石上骤然跃起，
沿着泻槽俯冲，
有如白鸟展翅飞翔，
于是翻波滚沫，
在石阶上升高飞远，
变化为卷云崩雪，
散入空中，

又形成万千花朵，
纷纷飘坠，
上升的余霏四激，
张起轻纱的帐幕，
下面瀑流倾注，
雷霆万钧地冲向深潭，
群山传来闷雷般的回声。
崖下峡影幽暗，
阳光变成青烟，
阵阵凉风扫过密密的雾珠，
挂起七彩的虹霓，
好像面前耸立灯火辉煌的宫殿，
它随风和水的浓淡，
而忽生忽灭，时隐时现。

三

啊，九鲤湖，你的景色多么奇异，
旧时代看你是一团神秘，
说有谁在这里升天，
说这里的小庙能把人们的命运梦中显示。
一千年来，

万人的鞋底，
把你山道的石级
都磨得闪闪生辉，
只为的求你给予一宿的梦，
在那神像前昏暗的灯影里。
今天，我可要询问
雄峻的山，磅礴的水
回答吧，难道是为了这
你才从巅顶到山麓
踩成层层的台阶
挂起九条瀑布
唱出响彻云霄的歌？
难道古老的传说
虚无的梦
能配得上你的歌声？
当寂静的夜晚，
月光抚慰沉睡的万物
唯独你不能入眠
你喊叫，你叹息
是不是哀号你被幽闭

在荒无人烟的狭窄沟壑里
怅对天空直到今日？

1961 年

南 音 清 唱

你看，那飘动白须的老人
在灯光下手拿檀板
紧张起全身的每一根神经
从丹田里发出男性的声音
把悲伤的南曲
唱得多么激昂而又深沉。
他在表达怎样的心情
是对背信弃义的斥责
还是对邪恶发出彻骨的忿恨？
他是不是在告诉我们
在生活中永远感到战斗的欢乐
而从不在悲伤中沉沦不醒？
我看见他的白须闪闪如电，
我听见他的歌中藏有雷声。

1962 年

闽　江

一条深水，两面高山，
整个宛如色彩缤纷的花园。
毛竹的山是碧绿的山，
杉松的山是暗绿的山，
阳光照射的山是金黄的山，
近处是青山，远处是蓝山，
天边又是紫雾笼罩的山。
有鹰栖息的悬岩上
烟云好像腰带
缠绕在林薮之间
在它上面，在它下面，
是梯田，从草，白沙，飞泉。
苍林中有黑瓦小楼
木造的回廊已年代久远
从那里升起的炊烟薄如轻纱
下面的黄花恰似阳光般耀眼。
江岸榕树生在石壁
悬垂的枝条弄影水面
树下传来洗衣妇女笑语声喧，

当船走过
山树的青色突然化作流动的水
仿佛一切都溶化于碧绿的江。

两面高山，一条深水，
流动着光明和活泼的生命。
太阳照在绣花的水面，
礁石上飞溅珍珠和金银，
白鹭在沙洲伫立如冰雪，
气流也如同闪闪发光的水晶。
江轮在乱礁丛中穿行
满耳都是兴高采烈的浪声，
它们相遇时招呼的汽笛
那是擦肩而过的致敬。
巨大木排顺流而下
上面有小小的筏工棚屋
从其中升起蓝色炊烟
几乎触及鳞状的云。
水流有时无声，有时凶猛
有时激起回头浪
在沙滩上留下退潮痕迹
大海就在近邻

这里可以感到它的呼吸
永远没有真正的平静。
而最震动人心的
是火车在岸边飞奔
当它把团团白烟拖过江面
水上仿佛出现长串帆影。

1962 年

梨　园　戏

这一切都是
令人伤心的古老的历史；
无限执着的爱情
往往得到
非常悲惨的结局。

在患难中邂逅而一往情深，
为礼教束缚却又事与愿违；
纵使有万语千言要诉说，
最后还是把流血的心

埋藏在黑暗里。

人情冷暖，世态炎凉，
甚至是骨肉至亲
也难望得到些少的支持；
短促的欢乐，太多的逼害，
为一点痴情而永远颠沛流离。

有如寒风吹灭暗夜的孤星，
反抗的火花
常常被苦难所窒息。
爱情是多么光辉，
而幸福又多么难期！

虽然也有忠义之歌，
但在慷慨激昂之中
又有多少痛苦的泪滴！
在正义得到胜利的背后，
其实是奸雄在横行一时。

那低沉压抑的鼓声，
正说明心头有无限悒郁；

哀怨的横笛，
凄凉的洞箫，
一声声都是晚风在悲咽。

1964 年 3 月

红　甲　吹

如此甜蜜而又华丽
闽南民间喜庆的音乐：
那铜钲缓慢的敲击
吹起阵阵欢乐的风，
那唢呐急啭的吹奏
有如早晨林中百鸟的交鸣。

于是我又回到孩童时候
用喜悦的眼睛看这一场景：
到处悬挂着猩红锦绣的帐幔，
长长的杉木板铺在天井，
吉祥的歌句，飞扬的粟粒，
还有新娘衣裙的窸窣声。

记忆中的故乡全出现了
带着它的色彩和它的风情：
扁担挑着雕镂涂金的漆篮，
戴花的妇女芬芳袭人，
稻田荡漾着明亮的气流，
蜜蜂身上沾满金黄的花粉。

这好比是收藏已久的玫瑰，
水分消失了，可香气长存。

1964 年

1932 年的园坂

高处是沙质的旱田，
低处是成林的龙眼树，
丘陵下——贫穷的村庄。
忧郁的黑瓦，
哀伤的红砖，
白日里也只有深沉的感叹！

独有一棵百年的榕树，
把天空染成绿色，
给人带来一片希望。

1964 年

声　　音

世界上最美的声音
是人类喉管的声音
亲人的声音
家乡少女的声音，它响动
隔着板墙或隔着花丛
或隐藏在黑暗中
都有拨动心弦的神秘力量。
火焰的絮语，
鸟雀的喧声，
风和树枝的攀谈，
河水和岩岸的低诉，
提琴在窗后悠缓的奏鸣，
都不及她的充满生趣的谈话声。

啊！家乡的声音，是最亲切的声音，
家乡少女的絮谈，是最动人的美声。

1973 年

紫　帽　山

到处是纷纷细雨
和层层灰雾
看到的只有盘亘而上的石路
繁花未发的山坡
你现在哪里，我熟悉的
家乡的山啊！

一个游伴抚摸路边幼松
发觉所有的枝上
都有雨珠在毛尖闪亮的虫
不禁缩手惊呼
那声音几乎是颤栗的。
找不到好枝栖息
像一粒火仓皇飞过

那是相思鸟吗?
虫蚀的幼林
零落的树枝
如污染的死树
如烧焦的残株
在展现无处诉说的悲伤。
一阵阵隐痛在我心中
石块和毛虫平分这寂寞的山!

家乡的山，我替你不平!
诚恳的面容
温情的笑声
都不肯对你眷顾。
已经不知多少世纪
荒芜和冷漠
依然在继续统治
谁来消灭灾害
谁来照管这座山
那些占据权益高位的
为愤激的争执丢魂丧魄
当狐狸吞掉最后一粒葡萄
豺狼杀戮最后一只羊羔

当眼睛变成冷冰的石子
心为泥土塞满
争夺才会停止。
人世是多么狭窄
几乎容不得转身
谁还能替大自然说话？
石头里挤不出一点营养
生命也如这座山
只好让满怀仁慈的希望
主持这不快不慢的生活！

家乡的山啊，我多么想
做你的杀虫剂。
那些害虫
最多只有一片叶子的重量
决不会是压在心头的墓碑！
当我回到山下
看到有迟开的桃花
剩余的棠梨
还有可怜的地丁和蒲公英
在瘠土上展露笑容
我相信，果园会上升到山间

杜鹃花会再度满山红遍
溪涧会再次奔腾
你既忍受重负
你也应得到鼓舞
请接受我这卑微的祝愿吧
静默的山啊！

1976 年

惠东妇女

荒坡瘦田　你们结队成群
肮脏小街　蜂涌彩色头巾
支撑着这块天地
你们深埋地下的细根
为生命输送养分
却没有欢乐　没有爱情

目光流露哀伤
生活永远是阴影
椎心的孤独

难忍的苦闷
每一日都像惨淡黄昏
集体投海也无悲愤

阳光照不进高墙
海风吹不干泪痕
黄笠下的美目
却永远傲视命运

1980 年 12 月 22 日夜

石 狮 镇

街道还是那样破败
估衣摊上却五光十色
污黑的廊下一片繁华
奢侈让贫穷更加刺目！
拥挤的人流中
绿衣灰衣如过江之鲫
他们自远方驱车而来
一律不需剥下伪装

边界在哪里？
落后一旦证实
权力再难强加
进步在羡慕的目中
自由正警惕逡巡
三十年的蜗行
留下多少发光的印痕？
愚昧和贫乏
那才真是一误再误的如山铁证！
在那片叫好声中
谁又能预知事物的反面？
谁能知道哪朵玫瑰有毒
哪把宝剑杀人？
幻想道路的终点是繁花的乐园
晕眩昏蒙中却步入泥潭！
醒来以后发现
世界在心中
海在天外。

1980 年 12 月 24 日早

乡 村 晚 会

不大的剧场座无虚席
连走道也挤满青年男女
台上台下围着孩子
鼎沸之声盖过南曲……
唯当正剧开始
忠诚与背叛
爱情与死亡
以简陋的形式
展现在朦胧中
全场鸦雀无声
枷锁缠身的愤怒
正义重申的想望
阴影笼罩的面容
不知不觉中的泪光
一直到幕落乐终……

1981 年 1 月 5 日晨

扒 蛤 者

像水泥地板那样坚实平坦
湿润的海滩光可照人
没有杂物的黄色细沙
比涂蜡的舞池还要干净。
就在这光辉中
一个老人缓缓移身
手持镶铁的长耙
像耘田一样来回不停。
当他察觉有轻微的响动
就弯腰从沙下
捡出一粒鹅黄带棕的海蛤。
上面天高，远处海阔
孤单黑影和大片光明
构成一幅生动的图画。

1981 年 2 月 27 日

闽东云淡门

风初定
雨初晴
天是苹果绿
海是鸭蛋青
轻烟中一只孤飞的白鹭
在海面引出千百只眼睛
我的心是一朵过境的云
已经跟随着这航道运行

1981 年 4 月 1 日
福建宁德

弘 一 大 师

他没有厌恶泥土而渴求黄金
恨不得一口饮尽大自然
欲望的莲花上一片黑暗
本应搏斗的猛虎却怜爱众生

痛苦像汹涌的大海
而快乐却像鸟在花林
当成熟的季节来临
他并未黯淡孤零
愿生者得到永恒的爱
而死者得到永恒的生

被埋在忘却里的生命碎片
迸发冲动向往光明
死的梦是滚滚浓烟
下面燃烧着生命火焰
往事不是终结而是更新
让死者的信念再现青春
用男性的欢乐拥抱大地
也让失去的羽翼重新飞翔
经过迷惘去迎接风雨

1984 年

李　贽

古今多少冤屈无人辨雪
于是你提笔与千万人对垒
一石掷破历史
唾弃万世的名教
一石投向未来
探问千古的是非

念天地悠悠而怆然泪下的情怀
研讨古今成败得失
你是最先行的心灵解放者

一生追求做个真正的人
决不踏前人足迹
从磐石中挣扎出来
为完美的人性做斗争
到处散播反抗的种子

你与后代的希望并肩作战

1986 年

江淹梦笔山

不要说往事溶化如冰
访古辨踪找不到证明
细雨中满目浮烟
失落的梦
用诗的魔眼催醒

当泪滴山川
南浦绿波生别恨
弦歌动四方
风流嬉戏总是为多情
在寂寞中排遣山水的爱
喷珠吐玉由于忧愤难平
才气出自艰难潦倒
富贵便囿于腐曲酸文
没有爱
生活负担着罪孽深重
盛气凌人
所有的美便都消隐

当角声孤起
碧山为你潸然泪下
与表达自我的需要融为一体
神来之笔掷地有声
以高节
向人生
把痛苦锤击延展为金饰
忧伤转变为发光的声韵
诗笔光彩不生尘
穷益精
老益壮
徒步在人群中永远年轻
平常的每一天都伸向无限
诗人的呼声便是全体的呼声

1987 年

朱熹在武夷山

琴书四十年的山中客
曾是神采飞扬的美男子

从末梢去看生命年轮
夫子与门生的爱情
怎么会是半人半狐的故事？

青春形体绚丽如云
竹林里向美屈膝
什么风尘，什么缘分
小径留下潮湿足印
是那么轻浅，那么纤细

也许新月就是爱的使者
在弥漫枝叶的银辉里
内心的女神苏醒了
原始的力量如潮汹涌
伸手摘花哪管有刺没刺

肉体有限度地满足
原是人的最低权利
爱是旺盛生命力的流动
它既坦率又隐晦
既毫不动摇又带点犹豫

圣贤节义灭不了欲望
人欲也就是天理
情真意切不问来踪去路
寂寞不笼武夷山
神和道都在人体内

始终相信又永远忘却
思想原是感情的长期积累
在女性怀抱中
感受宇宙的脉搏
片刻凋零也不后悔

1988 年

柳　　永

武夷山的少年
怎么成了汴京的浪子？
科场屡屡失望
熄灭跻身仕途的志向
把浮名换浅斟低唱

贪看顾盼的风韵
对美的崇拜进入疯狂
勾魂摄魄的眼睛
在心声的歌曲中迷醉
世间无物似情浓

欲望光明正大
享受也正大光明
用爱掂量命运
魅力是永恒的花期
眷恋升华为诗

恣情纵性唯诗独步
深深的意绪低低倾诉
说尽人间千娇百媚
拆除柔情与放肆的屏障
扩大诗的领域

未曾辜负片言寸心
欢情无数，爱意无穷
有我乃至无我

灵魂自由在热情中

发现人心的丰富华美
诗的精华依附少女
爱多深，恨多长
艳阳天变成潇湘雨

三十年科场终于小得
仍在野桥新市追逐欢笑
前情旧欢都未尽
暮雨朝云韶光过了

浪迹江南
总是烟水路程
无数次望断天涯
无数次两无消息

狷傲而又柔弱
永无停息的感情流浪
终止在北固山下
至死都未回乡

1988 年

林　语　堂

脚踏中西文化两只船
时代风云造成一捆矛盾
祖父被太平天国拉去当挑夫
从此失踪，父亲躲床下得幸免
祖母带两个孩子逃到鼓浪屿
信奉基督教，送父亲入神学院
被派往坂仔当牧师
他是八个子女的第五个
从小是优秀生，考试总在第二名
青年时代对神学起了怀疑
成为人文主义的信奉者
三十年后却又皈依基督教
追寻半生的信仰之路
反映他曲折的人生

出生地坂仔村
在交通不便的平和县
不高的青山围着肥美山谷
一条宽阔的溪水绕村前

盛产香蕉和蜜柚
山野进入他的血液中
成了他人品的基调
滋润他的个性
占有他的梦境
思念家乡终其一生
对语言有天生禀赋
考上英语最好的圣约翰大学
以语言学博士历经美、法、德
为谋求更高学位而奔波
过清苦简朴的半工半读生活
曾经申请为欧战十万华工服务
妻子在战场拾旧靴给他穿
也曾一罐麦片作一周的食粮
可后来编英语课本发了财
被称为版税大王
住入花园洋房雇用五个家仆
宅中单是白杨就有四十棵

在追寻新世纪曙光的年代
他曾是凌厉飞扬的斗士
而到神州为革命退潮而颤栗时

却成十字路口的徘徊者
提倡闲适幽默和明代性灵散文
从亲近鲁迅到与鲁迅分手
走卖文为生的道路
一整个夏天在避暑地牯岭
写英文小说《吾国吾民》
受赛珍珠的召唤到美国
继续介绍中国人的性情和哲学
将东方文化向西方敞开
著作一再居畅销书的榜首
形成追星族的偶像
被举为诺贝尔文学奖候选人
声名显赫在外
故土却沉寂无声
在探索国民性的潮流中
出于天性他接近老庄
认为世界过于严肃
需要一种智慧欢乐的哲学
崇尚道家的生活理想
主张生命的目的在于真正享受人生
对苏东坡莫大兴趣
用三年的时间为他写传

称他为快乐的天才
把自己也融入其间
在历代女性中最佩服李香君
而笔下歌颂的女性典型
却类似《红楼梦》中的史湘云

抗日时期政治上错误选择
使他孤立在人民之外
怀着乡愁的冲动
到处寻找家园
在时日的每一波浪上
索取失去的瞬间
始于智慧，终于自由
无奈阻隔这么多
道路这么曲折
追求中西文化互补的常青树
却穿越不过世纪的风云
晚年思乡心切
却有乡归不得！

2000 年 3 月

辑五　译　诗

两 条 路

[美国] 弗罗斯特

两条路在金色的树林里分开
很可惜，作为一个过路人
不能同时踏上两条，我站立
向一条路远远望去
直到它弯入丛林深处

随后走一条，同样美好
也许条件更加妥当
那里碧草如丝，欢迎我踏步
虽说那过路的消耗
对于两条路实在差不多

那个早上，两条路同时伸展
还没有脚步踏黑堆积的树叶
啊，第一条我留待来日
虽然知道道路本来相通
我仍怀疑能否回来

此后年年岁岁，在某个地方
我一再感叹这件事
两条路在树林分开，而我——
我走上少有人行的一条
这就造成了一切差异

当紫丁香最近在庭院里开放（节选）

［美国］惠特曼

一

当紫丁香最近在庭院里开放，
当巨星早早地在晚上西方的天边沉落，
我感到悲伤——且将在每一次去而复回的春天感到悲伤。

呵，永远去而复回的春天，你必定带给我三样东西：
连绵开花的紫丁香，沉落西天的星，
和对我所爱的他的思念。

二

呵，强有力的，在西天下垂的星！

呵，夜的阴影！呵，忧郁的含泪的夜！

呵，巨星消失了！呵，遮蔽星光的阴沉的黑暗！

呵，执握无力的我的残酷的手！呵，我的无助的灵魂！

呵，横暴的团团围拢来的云，那将使我的灵魂不得自由！

三

在一座古老的农舍前面的庭院里，靠近白垩的栅栏，

站着紫丁香小树，它茂盛地生长着，有深绿色的心形叶子，

有点点丛集的花球，向上的，柔美的，有我所爱的浓烈芬芳，

每一瓣都是一个奇迹……从庭院里这株小树，

带着淡色的花蕊，和深绿色的心形叶子，

我折下一小枝，带着它的鲜花。

四

在沼泽中，在僻静的深处，

一只羞怯而隐藏起来的小鸟颤声唱一支歌。

那孤独的画眉，

那隐居者，把自己藏起来，退避人间，

为自己唱一支歌。

咽喉沥血的歌！

死的生命消逝的歌——（那么，亲爱的兄弟，我知道啦

要是你生来没有天赋歌唱，你必定情愿死去。）

五

横过春天的胸膛——大地，穿过城市，

穿过山径，也穿过古老的森林，（那里新近有紫罗兰从地面向上窥望，点缀在灰暗的石片中）

穿过山路两旁田野的草丛——经过无边的草地；

经过铺满黄金麦穗的深棕色田野，每一支麦穗都是从叶丛中向上举起；

经过果树园中开着白花和粉红花的苹果树下；
运载着一具棺木日夜行走，
要到它可以永息的墓地。

六

当行进中的棺木经过大街和小巷，

当它经过白天和黑夜，此时有遮暗大地的大块云影，

有卷起来的旗帜的行列，和垂着黑色帷幕的城市，

有各州人民自动举行的仪式，好像穿丧服的妇女似的肃立着，

有那在晚上点着火把的漫长蜿蜒的队伍，

有那无数的火炬的光——和那颜脸如沉默的海洋，和看不清的万头的攒动，

有那当棺木到达时拥挤着无数阴沉的面容的等候站，

有整夜唱着的挽歌，和那升起来的雄壮严肃的万众的声音，

有那倾泻到棺木四周的哀歌的全部悲呼，

灯光黯淡的教堂和悲颤的风琴声，无论你行经何

处总是这些，

有那敲打着，敲打着的丧钟悠长的响鸣；

这里！缓慢通过的棺木，

我献给你以我的紫丁香花枝。

…………

情诗第十四首

［智利］聂鲁达

每天你与万象之光游戏。

敏感的游客，你在花中和水中来到。

你不只是我每天紧握的双手中

这淡黄的头，有如一束花。

我爱你，所以你和别人不一样。

让我在黄色花环中展开你。

谁以烟的文字写你的名在南方星斗中？

啊，让我记住你出生以前的样子。

风突然怒吼猛敲我关闭的窗户。

天空是一面网，挤满了阴影的鱼。
这里所有的风迟早都要解放它们全部。
雨脱下她的衣服。

鸟儿们逃过去。
风。风。
我只能与人的力量抗争。
暴风旋转暗色的叶子
并给昨夜停泊的所有船只向天空解缆。

你在这里。啊，你没有走开。
你会回答我直到最后一声呼唤。
蜷伏在我身旁仿佛你是害怕了。
虽然如此，一道奇异的阴影曾经掠过你的眼睛。

可爱的人，现在，现在你也给我带来忍冬花。
甚至你的胸脯也带有它的香气。
尽管忧郁的风正在屠杀蝴蝶，
我爱你，我的快乐咬住你嘴唇的李子。

你谅必忍受许多痛苦才得以习惯我，
我野性的，寂寞的灵魂，那使我心荡神怡的名字。

好多次我们看见晨星燃烧，吻我们的眼睛；
暗淡的光以倒转的扇形展开在我们头上。

我的语言的雨点淋湿你，敲打你。
我始终爱你日晒的珍珠母色的身体，
直到我甚至相信你就是万象本身。
我从山里给你带来快乐的铃兰，
黑榛子，装满糖果的乡村小篮。
我要
照应你像春天照应樱桃树那样。

英雄挽歌

——献给牺牲在阿尔巴尼亚战役的陆军少尉

［希腊］埃利蒂斯

一

在太阳最早居留的地方
在时间像处女的眼睛张开的地方

当风吹得杏花雪片纷飞
而骑兵把草尖点燃之际

那里的一株华丽的梧桐树将枝叶敲响
一面军旗高高在大地和水上飘动
那里从来没有人扛过枪杆
一切只有天的劳作
整个世界像一颗露珠照耀
在清晨，在山麓

此刻，仿佛上帝在叹息，一种阴影展开

此刻痛苦弯腰以瘦弱的手
将鲜花一朵朵摘下毁掉，
在早已断流的溪谷
歌声因欢欣死亡而绝灭，
岩石如阴森的披发僧侣
在寂静中切开荒野的面包。

寒冷渗透入心。某种不幸
行将发生。山之马鬃毛竖起。

兀鹰在高空分摊天的面包屑。

二

此刻一阵激动自混浊水中升起
风缠住簇叶
吐掉它的遗骸
果实咯出它的种子
大地藏起它的石块
恐惧埋头向前挖地道地洞
当一片母狼云，嗥叫着
从天空的林薮奔出，
从平原表层撒出一阵震颤的暴风雨
然后白雪纷飞，纷飞，无情的白雪
然后它嗡嗡着进入饥饿的山谷
然后逼使人们回答：
用火或者用刀剑！

对于那些带着火或刀剑出发了的人
邪恶会在这里投降。十字架毋须绝望
只要请求紫罗兰离这里很远。

三

对那些人黑夜是更加惨痛的工作日
他们熔化钢铁，咬嚼大地
他们的上帝散发出硝烟和驴皮味

每一声霹雳都是驰骋天空的死亡
每一声霹雳都是人微笑着面对
死亡——让命运随着她怎样说吧。

突然地枪未打响瞬间攻击的胆量
猛投裂片径直向太阳飞射
望远镜，准星，迫击炮都因恐怖冻结

那么容易，像白布被风撕裂
那么容易，像肺腑被石头刺穿
钢盔滚落到左边……

根只有瞬间在大地震颤
然后烟散了而白昼怯生生地试图
消磨地狱般的骚乱。

但是夜升起像条被踩的毒蛇
死亡在边缘畴躇了片刻——
然后用他苍白的爪子深深地钉住。

四

现在微风吹拂他寂静的头发
一根无心的嫩枝搭在他左耳
他躺在烧焦的斗篷上
像一所庭园鸟儿突然飞走
像一支歌在黑暗中缄口无言
像一座天使的时钟刚刚停摆
无遮蔽地眼睫毛轻声说再见
而惊愕已成僵化

他躺在烧焦的斗篷上
黑暗的岁月围困他
当静得可怕中带有瘦狗们的吠声
和再一次变成石鸽的每一小时
聚精会神地在倾听。
但笑声已被烧毁，土地已被震聋
无人听到那最后的尖叫

整个世界随同那最末临终叫声而空虚了。

在五棵松树下面
没有其他像蜡烛般的东西
他躺在烧焦的斗篷上。
头盔空着，血染污泥
在他旁边那支枪处在半击发状态中抛落
而双眉中间
痛苦的小井，命运的印记
细小的惨伤的红黑色窟窿
泉水中记忆已经凝结。

啊，不要看啊，不要看生命从什么地方
生命从什么地方离开他。不要说
不要说那梦的轻烟是怎样升起
就这样一刹那，就这样
就这样一刹那将另一刹那抛弃
而全能的太阳就这样突然离开世界。

五

太阳啊，你不是无所不能吗？

鸟呀，你的欢乐时辰不是永无止息吗？
光明呀，你不是云的莽汉吗？
而你，庭园，你不是花卉的演奏厅吗？
难道你不是，黑色的根，木兰花的长笛。
像一棵树在雨中颤栗
像空虚的肉体被命运涂黑
像一个狂人用雪鞭打自己
而两眼被泪水淹没——
哎，小鹰问，那个年轻人在哪里？
于是所有的小鹰都惊讶那个年轻人哪里去了。
哎，悲叹着的母亲问，我的儿子在哪里？
于是所有的母亲都惊讶她们的儿子们哪里去了。
哎，朋友问，我的兄弟在哪里？
于是所有他的朋友都惊讶他们中最年轻的哪里去了。
他们摸摸雪，热得发烫呀
他们摸摸手，它却冻结
他们咬一口面包，它就滴血
他们深深凝望天空，而天空变得苍白
为什么为什么为什么呀，死亡不给人温暖
为什么有这样的不神圣的面包
为什么是这样的一个天空，那里过去是太阳常在呀！

六

他是个漂亮的小伙子。他诞生那一天
色雷斯群峰弯身展露
大地肩头欢庆的麦穗，
色雷斯群峰弯身濡沫
先在他头上，后在他胸上，然后混入他的泪水。
希腊人带着可怕的武器来到
高举他在北风的襁褓里……
然后岁月飞逝，他们在运动中猛掷石头
跨马奔跃。
然后昔日的斯垂蒙河滚滚而下
直到吉卜赛人的银莲花到处响起
而从地球的两端来了
大海牧羊人驱赶贴封条的羊群
到一个深深呼吸的洞穴
到那一块悲鸣的巨石。

他是一个强壮的小伙子
晚上同橙子林的女孩子一起躺着
他涂染星星们的长袍
他心中的爱情就是这样

以致他饮尽大地所有的芬芳
然后与白衣新娘们一起跳舞
直到黎明得知将阳光浇进他们的头发
那张开双臂的黎明发现他
在涂绘两根树枝鞍部的太阳，
描画花朵，
或者又对小小的通宵不眠的猫头鹰
用温柔声音唱摇篮曲
啊，他的呼吸多么像一枝百里香那样强烈
他袒露的胸膛多么像一张骄傲的地图
那里自由，那里大海轰响……

他是一个勇敢的小伙子。
带着他的金纽扣和他的手枪
带着一派男子汉的风度在他的步态中
而他的头盔是一个闪光的射击目标
（他的头颅，那是还不知道什么叫邪恶，
却是那样容易地被击穿的头颅）
他的士兵排列在他左右
在他的面前给非正义以报复
——以射击回答无法无天的射击——
他的眉毛上带着血

阿尔巴尼亚群山发出隆隆雷声
然后他们融化雪来洗刷
他的身躯，一只黎明时不作声的触礁船骸
他的双手，两片开阔的荒原
阿尔巴尼亚群山发出隆隆雷声
他们并不哭泣？
他们为什么要哭泣？
他是一个勇敢的小伙子。

七

树林是黑夜没有点燃的木炭。
风在猛扑，捶它的胸，风再次捶它的胸；
没有结果。群山跪在寒霜中
在寻找避难所。而深渊吼叫着
攀登悬崖，从死者的髑髅……
连悲哀也不再哭泣。像个疯妇人
丧失了孩子，在转来转去，胸上佩带嫩枝般的十字带，
她不哭泣，只是穿着埃庇诺斯山的黑丧服，
她高高升起并缀上一个新月形的徽章
免得行星旋转时会看到它们的阴影

会遮蔽他们的光辉
并且停止不前
在混沌中疯狂地喘息……
风在猛扑，捶它的胸，风再次捶它的胸
寂寞紧紧抓住她的黑披肩
躬身在月形的云朵后面倾听
她倾听什么，远隔云一般的岁月？

她肩上披着褴褛似的头发——哎，由她去吧——
半是蜡烛半是火，一个母亲在哭泣——由她去吧——
让她在冰冻的空房里打转
因为命运从不为人守寡
母亲生来是为了哭泣，男人是为了争斗
庭园是为了在一个少女胸上开花
鲜血是为流淌，海涛为咆哮
而自由是为了不停息地闪耀。

八

既然他的祖国在地球上黯淡了
请告诉太阳另找一条轨道

如果他要保全他的骄傲。
或者用土壤和水
让他在别处碧空铸造一个小小的希腊姐妹。
告诉太阳另找一条航路
以便避免碰上哪怕只是一朵雏菊
告诉雏菊以一种新的童贞来开放
这样她才不致为外来所玷污。
把野鸽从那些手指间解放吧
也别让任何声音读到水流的苦恼
当天空轻柔地吹入一个空的贝壳
不要向任何地方递送绝望的信息
不要从骑士的花园带来
他的灵魂在那里激动的玫瑰
他的呼吸在那里跳搏的玫瑰
在一只小小的美丽的蝶蛹身上
那个经常改换它的缎子光泽的衣裳
在阳光中，像五月的金龟子在金粉上渐入陶醉
鸟儿们从树林轻盈地飞来探听
通过什么种子的萌芽这盛名的世界才得以诞生。

九

带来新手，为此刻谁要登高
给星的孩子们唱摇篮曲。
带来新肢，为此刻谁要首次
加入天使的舞蹈。
新眼睛——啊我的上帝——为此刻
谁将为所爱的百合花俯身。
新血液，为以怎样的快乐祝贺他们将举火和嘴
青铜的紫红的新嘴
为此刻谁将吩咐云再见。

白天，谁将面对桃叶
黑夜，谁将制服麦田
谁将散布绿色的烛光越过平原
或勇敢地喊出面对太阳
穿戴自己在暴风雨中跨着刀枪不入的马
成为造船厂的阿喀琉斯
谁将去到神话中的黑岛
去吻卵石
而谁将睡眠
通过梦的深渊

去找新的手、肢、眼
血液和言谈
再一次站在大理石打谷场
并带着他的神圣的格斗——啊，这时——与死格斗。

十

太阳，青铜的声音，神圣的地中海季风
发誓在他胸上给他生命
任何黑暗势力都不能在那里得逞
只有桂树枝渗进来的光
和露珠的银辉，那里只有十字架
闪烁，好像宽宏大量的黎明
和仁爱，手持宝剑，起来
通过他的眼睛和它们的旗帜宣言：“我活着。”

祝你健康，古老的河流，你在黎明看见
上帝这么一个孩子，一段石榴枝
在他的齿间，在你的水中薰香他自己；
祝你健康，乡野的枸杞树，你打扮自己
当安达洛苏斯企图偷他的梦；
也祝你，正午的泉水，你触抚他的脚

还有你，姑娘，你是他的海伦，
他的小鸟，他的圣处女，他的七曜之星，
因为假若一生中只有一次
一个人的爱情会有回响，点燃
一个又一个星体，那神秘的太空
神圣的声音会经常到处占领
用鸟儿小小心脏装饰树林
用茉莉的七弦琴装饰诗人的谈话
而且让它一经发现就把隐藏的邪恶铲除
让它一经发现就用火把隐藏的邪恶烧净。

十一

那干坏事的——因为苦恼
曾僭据他们的眼睛——在踉跄前进
因为害怕
曾僭据他们的苦恼，他们在黑云中迷失
后面，不再有更长的羽毛在他们额上
后面，不再有更长的爪子在他们脚上
那里海剥夺葡萄树和火山，
再一次向家乡的田野，带月犁耕
再一次向家乡的礁石，带查伦哥的四弦琴

后面，向那灵提的脚爪
小块肉和那里最近的暴风雨
只要白茉莉在女人的收获季节。

那些干坏事的人已被一阵黑云接纳
在他们后面，他们已没有冷杉和冷泉的生活
羔羊，酒和步枪，棍棒和葡萄架也没有
他们没有橡树爷爷和发怒的风
站在守护十八个日夜
以悲痛的眼睛。
一朵黑云接纳他们，在他们后面
他们没有虚张声势的叔叔，没有荷枪的父亲
没有以她们自己的手屠宰的母亲
或者是那母亲的母亲，露胸，跳舞，
给她们自己以死的自由
那些干坏事的人已被一阵黑云接纳
但是他面对那天的大路
此刻独自上升而灿烂辉煌。

十二

在开阔的绿草上以清晨的脚步

他独自上升而灿烂辉煌。

雌雄同株的花秘密向他致意
以在高空消失的温柔的声音对他说话
害相思病的树向他弯身
带着鸟巢埋藏在他的腋窝
它们的枝叶浸在太阳的油彩里
奇迹——怎样的一种奇迹——下落地上
白人部落以蓝色犁头雕刻田野
高峰照耀在远方地平线
而，更深的寂静，是春天群山的不可接近的梦幻

他独自上升而灿烂辉煌
以致他的心显示在光中如此淋透
真实的奥林匹斯从云中露出
空中充满朋友的赞扬……
此刻梦比血跳得更快

动物集合在小路边
咕哝而且盯着看就像它们在谈话
整个世界真正是庞然巨物
他爱护他的孩子。

在远方水晶之钟敲响
明天，他们说，明天，是天上的复活节。

十三

在远方水晶之钟敲响

他们说，谁曾在生活中燃烧
好像一只蜂在百里香中骚动；
黎明在东方的胸脯闷住
虽然它允诺一个光辉的白日；
那在心中闪亮并走出的雪花
当间隔的射击已听到
高高在头上的阿尔巴尼亚鹧鸪飞去哀悼。

他们说甚至没有时间哭泣
为生命的爱情的深沉悲伤
他曾经当风在远方增强
鸟在一个废弃磨坊的横梁上鸣叫
为了妇女他喝饮荒凉的音乐
站在窗前牢固地扣紧他们的头巾
为了妇女他从绝望到绝望地被驱赶

等待一个黑信号在草地边缘。
于是马蹄铁在门槛后面铿锵
他的温暖的未受抚爱的头
他的已经非常深地弥漫过生活的大眼睛
都再也不会重现一次。

十四

如今梦比血跳得更快
世界在最关键时刻发出信号：
自由，
为黑暗中的希腊人指出道路：
自由
为了你，太阳将因欢乐而哭泣。

彩虹色的海岬倒入水里
满帆的船在草地巡航
那里天真的姑娘
赤裸着在男人们的视线内奔跑
而羞怯在栅栏后面高叫
朋友们，哪里也不如这里可爱……

世界在最关键时刻发出信号。

以黎明的脚步在开阔的绿草上
他愈来愈高地上升；
现在围着他照耀
那一度消隐的渴望
在罪恶的孤寂中；
他心灵的渴望是白热的；
小鸟欢迎他，它们似乎是他的兄弟
男人们呼唤他，它们似乎是他的伴侣
“鸟儿，幸福的鸟儿，死亡在这里消失。”
“朋友们，我最亲爱的朋友，生命从这里开始。”
一个天国的光晕在他的头上放射光辉。

远处水晶的钟声宣布：
明天，明天，明天是上帝的复活节。

太 阳 石

［墨西哥］帕斯

即便是第十三个归来……仍同第一个一样；
总是独自的——而且是在不同凡常的时刻；
由于你是皇后呵，便是首屈一指或极品的一个吗？
因为你是王，便是超凡入化或至高无上的情人吗？
——热拉尔·德·涅瓦尔《阿尔特米斯》

一棵晶莹的垂柳，一棵水亮的白杨，
一柱为风掀起举向高空的喷泉，
一株深深植根而依然无声舞蹈的树，
一条向前激荡翻滚的河，
轮番回归，以圆满的循环
不断来到：
星辰或春光
从不匆忙的平静运行，
双目紧闭而夜以继日地
淌出精确预言的流水
一种汹涌澎湃中的一个孤独存在，

一浪复一浪直到覆盖一切，
一种不会衰颓的知识的绿色统治，
有如在空中展开翅膀瞬间掠过，

一条穿越未来时日的荒野的路，
和那些痛苦的幽暗光华如一只鸟
它的鸣声会使一座森林变为石头，
和那些消失了的枝条间急切的快乐，
那被鸟儿啄去了的光辉时刻
和那些从手中滑过的预兆，

一个急遽的出现如一阵突发的歌声，
好似一座燃烧的建筑中风的轰鸣，
一次把握世界和所有它的
那些悬在空中的山和海的瞥视，

被一块玛瑙滤过的发光的身体
发光的大腿，发光的腹部，一个个海湾
太阳照耀的石头，云色的身躯，
一种轻快跳跃的白昼的颜色，
那钟点闪过并持有一种形体，
通过你的形体那世界是可见的，

通过你的晶莹世界变得清晰，

通过声音的回廊我走我的路，
我在现实的回声中游动，
我穿过透明如同我是盲者，
被一种映射擦掉，又在另一个映射中出生，
呵，那成为魔术之柱的树林，
穿过光的拱门我走进
一个晴朗秋天的回廊，

我如行走在世界行走在你的身体，
你的腹部是一个充满阳光的城市广场，
你的双乳是两座在那里以平行的典礼
演奏它自己血液的教堂，
我的目光垂拂你如常春藤，
你是一座海水冲刷的城，
一堵被光劈开的壁垒的延墙？
桃子颜色的两个等分，
一个盐的领域，岩石和鸟儿
在忘怀感化的午间，
以我的欲望色彩包装，
宛如我的思想你裸身行动

我走进你的眼眸，像那海水
老虎在这样的眼中啜饮它的梦，
蜂鸟在这样的光焰中焚烧，
我在你的前额游动，如同月亮，
如同穿过你的思绪隘口的云，
我游走在你的腹部，如在你的梦乡，

你的干草裙子作潺潺声和嘘嘘的响叫，
你的晶体裙子，你的水色裙子
你的唇，你的头发，你的目光雨
在全部夜晚间和所有白天滴落
你用你水色手指开启我的胸，
你用你水色嘴唇合上我的双眼，
你落在我骨骼上的雨，一棵液体的树
输送水的根须扎进我的胸，

我历览你的腰肢，如一条河，
我历览你的身体，如一座森林，
如一条峭壁尽头的山中小路
我沿着你的思想边缘行进，
而我的影子从你的前额跌落，
我的影子粉碎，而我收集那些碎片

以无形的身体向前去，摸索我的路，

记忆那无穷尽的回廊，那些门
它开向空寂的居室
在那里整个夏天已经枯萎，
渴望的宝石已在它的深处燃烧，
那些脸孔已在回忆中淡化，
手也在我接触中解体，
头发编织为成群的蛛网
把过往年月的微笑覆盖，

从我的前额出发，我寻找
我寻找而没遇见，寻找一个瞬息经过的，
一张暴风雨的容颜和那闪电的瞬间
奔跑着穿过夜的森林，
一张在暗夜花园中的雨水的脸容，
那在我的身边漫过的无情的水，

我寻找而没见到，我独自写作，
无人陪伴，而时日幕落，
年岁结束，我在此时陷落
我陷落到底，在我破碎心像的

重复反映上面，看不见路
我走过时日，那流浪的时刻，
我走过所有我的阴郁思虑，
我走过正在寻找的一个个瞬间阴影，

我寻找一个活着的瞬间如同一只鸟
寻找下午五点钟的太阳
火山岩围墙炽烈的阳光：
它催化葡萄串成熟的时间，
当大门打开，一群女孩从果实中溢出，
在学校的鹅卵石天井疏散开，
人已在秋天长高并走出

被光壳的拱廊吸引，
而环绕的空间，包装她以一种皮肤
使她更金贵和更透明，

斑斓的虎，棕色的鹿
在黑夜的外围，女孩
斜靠在雨中绿色阳台上幽会，
青春期尚未定型的脸，
我忘记你们的名字，玛鲁辛娜

劳拉，伊莎贝尔，帕西芬妮，玛丽，
你的脸是所有的脸又一点也不是，
你是所有的时间又一点也不是，

你是树，是云，是所有的鸟
你似一把单独的，剑的锋刃
和刽子手的血盆，
你似蔓延，纠缠，连根拔起的常春藤
与自身切断使灵魂前进，

翡翠上火烙的字迹，
岩石的裂缝，蛇的皇后，
雾的圆柱，巨石中的泉水，
月的卷须，鹰的巢，
大茴香籽，很小的致命的针芒
那带来永恒痛苦的尖刺，
海沟中的牧羊女，
幽灵深谷的守门人，
从绝顶峭壁垂落下来的藤蔓，
缠结的葡萄，有毒的植物，
苏醒的花，活泼的葡萄粒，
吹长笛的女士和闪电，

素馨花坛，揉入伤口的盐，
献给被击倒的人的玫瑰花枝，
八月的雪，绞刑架上空的月亮，
火山岩上的海的痕迹，
沙漠上的风的痕迹，
太阳的遗嘱，石榴树，麦穗，

热情的脸，凝视的脸，
那通向同一样的天井同一样的墙的
在灾难年代和蹉跎岁月
被伤害的青春的脸，
同样热情的瞬间，那出现在热情的
所有的脸都是唯一的脸，
所有的名字都是唯一的名字，
所有脸一张唯一的脸，
所有的世纪一个唯一的时间，
贯穿所有的世纪的世纪
一双眼睛将通向未来的关闭的路，

在我面前一无所有，只有瞬间
从今夜交缠的梦中救出
梦的联想，一个瞬间的雕像

从梦中，从今夜无物中
撕下，以手举起，字
连着字，时间在外面，流逝
而去，关进我灵魂的门限
是那带着它的嗜血纪录的世界，

只一瞬间，当城市，名字，
气味和一切活的事物
在我盲目的前额上溃散，
当夜的忧愁逼迫我的思想，
压下我的脊骨，和我的血的流动
成为迟钝的人，我的牙齿动摇
我的眼里阴云密布，我的时日
和岁月堆积着可怕的空虚，

当时间合拢它折叠的扇
在它的形象后面一片茫然，
瞬间堕入深渊又浮出
为死的浮游物所包围，
为夜的不祥的呵欠所威胁，
为那戴面具的活跃的死亡所惊恐，
瞬间堕入深渊，

沉入下去好像握紧的拳头，
好像一个熟透了的果实
并痛饮自己，溢出外面，
这个瞬间，透明的，让自己密封起来
再在内部糜烂，渗出根来，
在我心中生长，多次和我谈论，
它的高热度的叶片催促我出来，
我的思想不过是它的鸟儿，
它的水银流经我的脉管，心灵的
树，长出时鲜的水果，

呵，将有的生活，已有的生活，
那在大海的浪涛中归来的时间
那从不回头退却的时间
过去并不过去，它是一直挨近现在的，
并悄悄地流入下一个模糊的瞬间：
在岩石和硝田的一个下午，
以不可见的刀片装备的你用红色的
难以辨认的草书体刻画在我皮肤上，
那伤口如包扎我以一套火焰的衣裳，
我没完没了地燃烧，我寻找水，
在你眼中没有水，它是石造的，

你的胸，你的肚子，你的臀部是石头，
你的嘴有尘埃味，你的嘴
有如中毒时的味，你的身
有如那已封闭的矿井的味，我渴望的眼
不停闪烁如一面面镜子的走廊，那经常
引导我回到它起点的走廊，
你扶我如一个盲者，用手牵引
穿过无情的回廊走向圆周的
中心，而你起立如同
凝结于一把斧子的华彩，如同它裸露的锋刃，
清晰如一座命定的断头台，
柔韧似鞭而瘦薄似武器，
那是月光的孪生姊妹，你犀利的语言
挖掘我的胸，疏散我
并弄空我，一次又一次
挖掉我的记忆，我已忘记我的名字，
我的朋友同猪在泥中打滚
或在深谷中枯萎并被太阳吞没，

现在我除了内部一个宽大伤口别无所有，
一个现在无人涉足的空地，
一个不中看的场所，一个重复地

一再讲述他自己，只反映他自己的思想，
而在他自己的透明中已失掉他自身，
一种只注视他自己观察的眼睛
所戳穿的自知之明上，直到沉溺
在清澈中：
　　　　我看到你的讨厌的甲壳，
玛鲁辛娜，在黎明中照耀青春，
你在被单中卷曲而眠，
你醒来尖声叫喊如一只鸟，
而你坠落再坠落，直到苍白而且破碎
除了你的叫喊声你什么也没留下来，
而我发现自己也在年岁之末
视力衰退和咳嗽不止，只是去翻遍
所有的旧照片：
　　　　那里无人，你谁也不是，
一堆灰烬和一把用坏了的扫帚，
一把锈了的刀和一把羽毛掸子，
一副挂在包裹骨头上的皮毛，
一些枯萎的树枝，一个黑洞，
在洞底那里有女孩的眼睛
她在千年前淹死，

那些埋在洞底的目光，
那些从一开始就注视我们的目光，
那年老母亲的女孩般的目光
她看她成熟的儿子为一个年轻父亲，
那寂寞女儿的母亲般的目光
她看她父亲为一个年轻的儿子，
那从深处注视我们的目光
是生命，又是死神的陷阱
——或者相反，陷入那些眼睛
便是返回真实的生命？

去坠落，去回归，去自我做梦，
去为未来的其他人的眼睛做梦，
去另外的生命，去不同的云，
甚至去另一次的死亡中消逝！
——这一夜是充足的，这一瞬
尽管它没有展开并揭示
我在哪里，我是谁，什么是我的名字，
什么是你的名字：
　　　　　是我为这计划制定
为了夏天——为所有的夏天——
在克利斯朵夫街上，十年前，

和菲利斯一起，她有两个小酒窝在她脸颊
那里麻雀会来啜饮光明吗？
在改革广场上卡门曾对我说，
“这里空气很干燥，它永远是十月”，
或者是她向另一个说的我已忘记，
或者是我虚构它而没有人说起它吧？
在瓦哈卡我曾步行一整夜
墨绿而且硕大的夜色如一棵树，
我自言自语好像疯狂的风，
回到我的房间——总是那一个房间
镜子已经真的不认识我吗？
我们是在韦尔内旅馆守望黎明
与栗子树一起翩翩起舞——
是你说“已经很晚了”，边梳你的头发，
是我注视墙上污斑而一言不发吗？

是我们两人一同登上顶楼，
是我们眺望黄昏降落在礁脉上吗？
是我们在比达特吃葡萄吗？在佩鲁特
是我们买栀子花吗？
　　　　名字，地点，
大街和小巷，面庞，广场，

街道，公园，车站，单人的
房间，墙上污斑，有人
梳她的头发，有人穿衣，
有人在我身旁唱歌，
地点，街道，名字，房间，

马德里，1937 年
在天使广场妇女们正在缝纫
同她们的孩子唱歌，
后来，响起警报尖声嘶叫，
房屋在灰尘中屈膝，
钟楼破裂，正面吐出唾沫
引擎发出飓风的嗡嗡声：

两个赤身裸体的人在做爱
为捍卫我们那永恒的权利，
为防护我们那一份乐园的时刻，
为触摸我们的根，为援救我们自己，
为收回过去千年被生活的盗贼
从我们手中劫走的遗产，
那两个赤身裸体的人在接吻
因为那两个身体，裸露并且交缠，

超越时间，他们是牢不可破的，
什么也不能干扰他们，他们返本归真，
这里不管是你，不管是我，不管是明天，
不管是昨天，没有姓名，两个人的真理
结成一个单纯的肉体，一个单纯的灵魂，
呵，多么美好圆满……
　　　　　房间飘浮在
那些倒塌沉没的城市中，房屋和街道，
创伤一样的姓名，房间的窗户
向外看到别的房间
有同样褪色的墙纸，
那里一个穿衬衣男人读报
或一个女人烫衣；阳光照耀的房间
它唯一的客人是一棵桃树的枝条；
而另一房间，那里阴雨连绵
天井和三个小孩的外面
它已生锈；那宛似船的房舱
在光辉的海湾礁岸上颠簸；或者好像
潜水艇的房间，沉默溶解入
绿色波浪，我们碰到的一切
都发出磷光；那是辉煌的陵墓
虫蚀了的肖像，未铺开的地毯：

梯子，套房，迷洞，
鸟笼和有号码的房间，
一切都改样，一切都飞散，
个个雕花都成云，个个房间
都开向大海，乡村，广阔的
天空，每一张桌子都像为宴会而设；
如贝壳不可穿过，时间安排的纠缠
对它们都是徒劳的，那里没有时间
没有墙：空间，空间，
张开你的手，抓住这些财富
摘取那果实，让生命饱餐
伸展开四肢在树下畅饮

一切都已变化，一切都很圣洁，
每个房间都被世界关心
都是严重的夜晚，严重的白天，
当两人接吻世界便诞生，
一滴光芒来自晶莹液汁，
房间裂缝半开似一粒石榴
或沉默中炸开似一颗星，
法律已被老鼠啃光，
银行和监狱的铁栏，

纸封条，带钩的铁丝网，
橡皮图章，刺刀和警棍，
低声哼念单调的对战争的布道
那高帽和长袍下的温柔蝎子，
戴大礼帽的老虎，红十字和
素食主义者会社的会议主席，
校长驴子，鳄鱼角色，
被树为救星，国民之父，
封为领袖，那骗子，未来设计师
以及穿制服的猪，上帝的宠儿
他们用圣水刷他们的黑牙并上民主和
英语会话的晚课，一堵看不见的墙
那被用来把人从其他人隔开和人从他自己
隔开的腐朽面具，
　　　　这一切
都从一个重大瞬间落下，我们瞥见
我们失落的个体，和人的存在的
凄凉，作为人并与人
分享面包，太阳的光荣的丧失
以及对活着的人的惊人的遗忘；

去爱就是去战斗，如果两人接吻

那样世界就会起变化，希望需要肉体
思想需要肉体，翅膀在
奴隶的肩背萌发，世界是真实和
可知的，酒就是酒，水就是水
去爱就是去战斗，去开门，
去结束一大串的幻影
永远在锁链中，永远被一个
没有脸孔的主人宰割：
　　　　倘若两个人
互相对视世界就起变化去看见，
去爱就是去脱下我们名字的衣服：
“让我做你的妓女”埃罗伊兹说
但他决定屈服于法律
让她做他的妻子，而他们以阉割
惩罚他；
　　　　不如去犯罪
那自杀的情侣，那乱伦犯
在兄弟姐妹间如两面镜子
为他们的倒影坠入爱河，较似吃
有毒面包，在灰烬之床
通奸，凶猛的情欲，荒诞的
毒藤，那鸡奸者

他消磨于他股间玫瑰吐唾沫，
较似在广场被石击毙更如同转动
磨石压榨出生命的液汁，
把永恒变成空洞的钟点
分秒变成监狱，而时间变成
铜币和荒唐磨扇

超越贞操，在沉默的
茎之顶端摇动的无形之花，
过滤欲望那个天上圣者难得的
宝石，享受时间的满足，
那沉静和动作的结合，
在它的花冠上歌唱孤独，
每个时辰都是纯洁的花瓣，
世界摘下它的面具，
它的中心晶莹闪光，
那个我们称之为上帝的无名的人
在虚无中自我欣赏，
人没有称谓只从自身呈现，太阳中的
太阳，存在和名字的绝顶结合；

我继续我的冥想，房间，街道，

我通过时间的走廊摸索我的道路，
我上下梯级，手扶墙壁
原地未动，又走回
开始的地方，我寻找你的脸，
沿着自己的街道行走
在一个没有年龄的太阳下，我身边
你同行如一棵树，你走如一条河
跟我说话如一条河的流淌，
你生长如我手中一枝小麦，
你悸动如一只松鼠在我手中，

你飞翔如一千只鸟，而你的笑
是如同大海的浪花，你的头
是我双手中的一颗星，世界
再一次充满绿意，当你微笑
吃下一粒橙子，
　　　　世界改变了
如果两个人神醉魂迷，躺倒
在草地上，天落下，树
升起，空间将无物只有光明
和寂静，为鹰的眼睛
开放的空间，云的白色部落

悠然飘过，体重抛锚
灵魂驶出，我们失落
我们的名字并在蓝与绿之中
漂流，全部时间什么也没有
发生，除了幸福地流逝的完美的时光，

什么也没发生，你变得平静，你眨眼
（沉默，正在此刻一位天使越过
庞大如一百个太阳的生命）。
是什么也没发生，只一眨眼吗？
——宴会，流放，另一次犯罪
傻子的笨蛋废话，迟钝的砰的一响

吃惊的目光一闪死者倒在
灰烬铺盖的平地，阿加门农的
无垠吼声，卡桑德拉的不停尖叫
一遍又一遍，胜过波涛汹涌，
戴镣铐的苏格拉底（太阳上升，
死去就是醒来："克里托，我欠
埃斯库拉皮乌斯一只公鸡，为获健康生命"），
在尼尼微废墟徘徊的豺狼，
战役前夜布鲁图斯见到的

阴影，莫克特祖马失眠
在他的荆棘床上，乘坐两轮马车
走向死亡，作无休止的旅行
罗伯斯庇尔计算一分钟又一分钟
他双手托着受伤的下巴，
丘鲁卡坐他的木船好像一座红色宝座，
林肯那已经屈指可数的脚步当他离开家
到剧院去，托洛斯基的奄奄一息
和他的野猪般的呻吟，马德罗的
那没人理睬的凝视：他们为什么要杀害我？
凶手，圣徒，可怜魔鬼的
那些咒骂，那些叹息，那些沉默
被修辞学的老狗抓扒出来的
措辞和轶事的墓园，我们临终
发出的胡诌，嘶叫，沉闷的声音
如同诞生时的喘息，和搏斗中撕打
被压碎骨骼的声音和预言家冒泡沫的嘴的
惊叫声以及绞刑的喊叫
和牺牲者的喊叫……

这些眼睛是火焰

看他们什么都是火焰，耳朵一朵火焰
声音一篷火焰，嘴唇是煤炭

舌头是把火钳，触摸和触摸过的
思想和想到的，以及思想着的人
都是火焰，一切都在燃烧，宇宙
是火焰，空无也在燃烧，那只有一个
着火思想的概念，一切终化作
灰烟：没有牺牲者，
没有绞刑吏……
　　　　　　而星期五下午的
叫喊呢？那充满信号的沉默
那言而无声的沉默，
它不说什么吗？叫喊什么也不是吗？
当时间流逝什么也没发生吗？

——什么也没发生，只有太阳
一眨眼，无物，几乎没动，
无可挽回，时间永远
不会逆行，死者永久
固定在一次死亡而不能死于
另一次死亡，他们是不可触摸的，
冻结在一个姿势中，而从他们孤独，
从他们死亡，他们盯视我们
无可奈何的，却无法看见，

他们的死化作他们生命的塑像，
一个永恒的存在又无终止地空无，
每一分钟都毫无内容，
一个幻影的王控制你的脉搏
而你最后的表情，一个生硬的面罩
是模型盖住你可变的脸：
那是我们为生命竖立的纪念碑，
未生活过的和异己的，几乎不是我们的，

——几时我们的生命真正属于我们
几时我们永远是我们？
凝眸细辨，我们向来不过是
头晕眼花和空洞无物，在镜中皱眉头
厌恶和呕吐，生命是从不
真正属于我们，它常常是别人的
生命不是一个人的，我们全属生命——
太阳的面包为别人，
我们全都是那些别的人——
当我是我的时候，同时是其他人，
我的行为如果属于所有的人就更属于我
因为学做我自己就必须是另一个人，
摆脱自身，在别人中

寻找我自己，如果我不存在
那些别人也就不存在，别人赋予我
以充分的存在，我不是我
没有我，永远是我们
生命是别人的，总在更远的
地方，在你之外而且
在我之外，总是在地平线上，
生命使我们入迷发狂，创造我们的脸
而又消磨掉它，呵，死亡，我们渴望存在的
面包，

玛丽，珀西芬妮，埃鲁伊兹，那样
我可能最终看见你的转向我的脸
我真实的脸，那属于别人的，
我的脸永远是我们全体的脸，
树和面包师的脸，
驾驶员和水手的脸，
太阳的脸和河流的脸，
彼得和保罗的脸，这些孤独者
集体的脸，唤醒我，
我已经诞生：
　　　　生与死

在你身上形成一体，夜晚的女士，
清晰的塔，黎明的皇后
月亮的处女，母亲海洋的母亲，
世界的躯体，死之屋，
自从我出生我就已无休止地坠落，
我坠落在自身不触及底，
用你的眼睛收容我，聚集
我散落的尘埃和调理我的灰烬，
捆绑这些不接合的骨头，吹遍
我身上，将我葬入你的泥土，
让你的沉默带着安宁来到，
给思想以和平：
　　　　张开
你的手，种子即是岁月的女主人
而岁月是不朽的，它萌出和生长，
它刚刚诞生，它的出生永无终止，
每一天都新生，而每次新生都是黎明，
我是黎明，我们都是黎明，
太阳以太阳的脸破晓，
约翰以约翰的脸破晓，
约翰的脸也是每个人的脸，

存在的大门，唤醒我，天已破晓，
允许我去看这个白天的脸，
允许我去看这个夜晚的脸，
一切互相关联，一切都在变化，
血之拱门，脉搏的桥，
带我到夜晚的另一边
那里我是你，我们是我们的
那里的代词是相亲相缠的王国，

存在的大门：打开你的存在
醒来，学会存在，塑造
你的脸，夸张你的特征，保持
一张我能看见的脸如你看我的脸，
观察生命直到他临终，一张
大海，面包，岩石和泉水的脸，
将所有我们的脸融化在
没有姓名的脸之中，溶入没有脸的存在
那不可表达的无数存在的存在……

我想向前去，到更远的地方，却不能，
每一瞬间都向其他的瞬间滑行
我曾梦想你无梦石头的梦

到头来却如石头一样
我听见自己的血流，在它的囚禁中的歌声，
大海用光的呢喃歌唱，
障碍一个接一个让路，
所有的门限也都在崩塌，
太阳穿过我的前额发生爆炸，
它分别切开我关闭的眼睑，
割开我的生命剥去伪装
牵引我走出沉睡的自己
从这个千年长眠的石头的梦乡
太阳魔镜的幻术复苏了
一棵晶莹的垂柳，一棵水亮的白杨，
一柱为风掀起举向高空的喷泉，
一株深深植根而依然无声舞蹈的树，
一条向前激荡翻滚的河，
轮番回归，以圆满的循环
不断来到。

1957 年于墨西哥城

后　　记

蔡其矫是一位保持艺术青春的诗人，有诗坛常青树之称。自20世纪40年代初，他以解放区诗人身份登上文坛，直至2007年离世，从未停止写作，诗歌创作逾千首。在特殊时期，他的一些“潜在写作”的作品曾在民间广为流传，有的至今尚未正式发表。他在晚年以旅行写作、朗诵、演讲、交友四者结合为最佳生活方式，让诗与灵魂都在路上。2018年是蔡其矫的百年诞辰，语文出版社将此集列入“百年新诗”系列丛书予以出版。鉴于编者对蔡诗意境领会不足，特辑录一些与蔡其矫有过交往的名家、学者和朋友们的点评，希望有助于读者增进对蔡诗独特风格的理解。

公木是蔡其矫在中央文学讲习所的老上司和同行。他认为，蔡其矫是说不尽的。在1994年12月《序曾阅撰诗人蔡其矫年表》中，公木谈到蔡其矫在行动、心灵双重受限的时期里，用诗歌营造欢乐：在“牛棚”里翻译《诗品》，顶着“三反分子”“老牌反革命修正主义黑诗人”的帽子在劳动农场里写《梦》，写《希望》，写《山雨》，写《新叶》“迅速地朝更高处生长/向更广大的世界眺望”。……他把农场变成了诗场，有多少富有才情的知青追随着他，受着熏陶鼓舞。稍后他更经之营之，以栽花造坛、植树成林点缀家乡。不是说诗人没有《孤独》，没有《寂寞》，没有《伤感》，没有“痛苦”；而是他爱诗爱花爱人，向往着真善美的天性，使他感到“不被窒息就是幸福”，并且清醒地认识到“真正的诗人无我，他总极力避开自己的问题。诗中有自己的个性，但，没有个人的利益”。沉浸在美与艺术的快感中忘却炙心的痛苦。一只多么坚强、勇敢而潇洒的海燕啊：“所有的飞鸟全不见/暴怒的风谁敢抗衡/唯独你不躲闪/迎风站立/发光的脸上仿佛有歌声”。（《迎风》）

作为一名诗人，蔡其矫不仅把自己丰富的人生阅历写进诗歌篇章中，更与时偕行，不断变革自己的诗风，在传统与现代之间寻求诗艺的不断更新。他曾翻译过司空图、李白、李商隐、苏东坡和惠特曼、聂鲁达、埃利蒂斯、帕斯等中外诗人的诗歌作品，既学习他们的杰出的诗歌艺术，也让更多人了解到中外诗歌艺术的缤纷多彩，给中国诗坛增添了新的养分。对于蔡其矫翻译的诗歌，俞心樵2002年12月18日在信中这样评价：“我没记错的话，在上世纪八九十年代之交，我曾读过您译的埃利蒂斯的诗，我对照过您与其他几位教授的版本，还是您译得最好，为什么呢？问题就在于——诗歌不是一般知识，也就是说，不是懂了外文就可以译诗的，写诗、读诗、译诗是真正懂了世界和生命的人所能做的事。”

蔡其矫的诗歌常常以思想的深刻性和艺术的不断更新见长，其六七十年代的作品更因为敢于说出内心的“真话”，且善用诗化语言而被许多学者推崇。孙绍振这样评价《所思》：既有思想的深度，也有艺术的新异感，充满了反叛的情绪：

仲夏夜迟升的月亮
为黑暗的条状云掩蔽
一切都非常寂静
仿佛在等着重现光明
受伤的老狗蜷伏在草地上
默想生活的残酷

对热情招呼不再信任
因为他并不愚蠢

在那文化专制的时代，把孤独感诗化是很危险的，何况其中还凝聚着受伤的感觉，而充满隐秘的期盼和刻毒的复仇的情绪。这是令人有点毛骨悚然的，震惊之余，有些振奋，振奋之余，也有些惭愧。我在当时，虽然，还没有觉悟到否定“文化大革命”的程度，可是，在密友之间议论江青，发泄不满，已经不是很稀罕的事，但是从来也不敢想把这转化为书面语言……

蔡其矫显然把他在密友间传阅他“大逆不道”的思想和艺术，当成一种乐趣。一种肃然起敬的感觉油然而生，不仅仅是他的勇气，而且也为他能把刻骨铭心的思索转化为诗歌。《所思》写于 1970 年，蔡其矫尚在永安农场劳动改造，身体受限不能走动，内心孤独难以排遣，借助诗歌来浇心中块垒。

刘登翰于 2017 年 2 月新春文学恳谈会上发言：蔡其矫最好的诗，最值得我们去分析的诗是在永安八年期间写的，《生命》《瀑布》等这一批诗都是这个时候写的。《生命》是一首长诗，一直没有正式发表过。

这首诗是写给陈贻亮的女儿陈榕榕，她在永安插队致亡，这首诗在永安人当中广为流传。他是中国诗坛唯一的从主流走向民间，找到另一种视野，从民间获得一种民间视野、老百姓的视野，重新来观察这个世界、国家和政治，他贴近民心的一些思考和艺术是在这时生成的。这点很值得我们去研究。……他留下了很多值得我们研究的东西。我觉得我们研究会应该对蔡其矫要有大的视野来重新规范，做更深入地研究。

陈企霞则在1978年7月5日给蔡其矫的信中写道：我读了你的《玉华洞》，真是“大吃一惊”。诗人意兴，如荼如火。真使老人艳羡不止。这诗篇华丽娟秀，不可名状，但我说要为你惋惜，可能“不合时宜”。本来，写诗从古以来是不合“时宜”的。时宜之乎哉，诗人之大敌也。可兴浩叹！你试寄退回，也不必灰心，时宜也不会是“铁板一块”的。你的诗对于我最近一时期的精神生活，却总是一件大事。

蔡其矫的诗歌除了兼具思想性和艺术性，也常有出人意表的细节，给人以新鲜的感受，邵燕祥在《蔡诗印象》（2004年10月3日）中说：因为深情，他体贴入微，他看到、听到、感觉到了我们看不到、听不到、感觉不到的；在《瑞丽》，于“坠落的花瓣似流星 / 与摇曳的竹影同飘舞”的夜晚。“香气夜色一样浓酽 / 蓊郁的黑暗反衬月光 / 又深又亮的幽静”，使他“有一种甜蜜的痛楚”。我们平时把审美的状态叫作“欣赏”，欣赏而达到“痛楚”，这才是更高也更深的境界。我们常爱引用罗丹的一句话，说“生活中不缺少美，而缺少美的发现。”蔡其矫诗中却不缺少未经人道的情景和细节。如《古尔班节的鼓声》：“使得围观的少女们 / 飞快磕着葵花籽 / 忘记收敛星一样的目光”，仿佛于无意之中得之，确是“蓦然回首，那人却在灯火阑珊处”；姑娘们磕葵花籽人人可见，而她们忘记收敛星一样的目光，只有有心人才能得见。再如《飞天之歌》写飞天，“在星辰的海中仰视俯泳 / 无风之时也飘着”“微波般推进 / 一切都柔软如梦幻”，这不是用眼睛，而是用诗人的心才能发现，“没有重量的星”，奇而入理，诗人不只用心，而且连他的身体也飘然若举，翱翔在星河飞天之间了。

诗人牛汉在《大公报》（1993 年 2 月 17 日）《浅谈飘逸》中写道：当天晚上，我就把他的诗咀嚼了足有三五遍，他的诗，猛地一下震惊了我的蛰伏的灵魂，他的诗不是用当时流行的那种规范的词句写的，一种我多年没有感触到的清新而亲切的境界，完全是一种新的词语世界。写得那么自在、自然，所有的词语都在流动，是透亮的，似有深远的钟声飘荡着，是从海底升起的波浪。这些诗，有的后来收入《祈求》和《双虹》两本诗集里。诗大都不长，但写出心灵的一次次搏动和生命一明一暗的闪光，其中《波浪》《珍珠》《风中玫瑰》《回赠》等，还有一首较长的《玉华洞》，至今给我留下奇遇般的印象。

香港作家陶然与蔡其矫交往近40年，1979年9月23日在其编辑的《蔡其矫选集》前言中写道：《波浪》则充分表现出正义感，有爱也有恨，波浪就是人民。这首诗可以使读者用自己的感受来补充它，而得出自己的结论。这是一首真正的诗：诗人与读者一起来完成创作。

对蔡其矫诗歌的评价，名家与朋友们并不是只有赞扬好的一面，而有意忽略尚未成熟的方面。艾青在1977年1月28日信中说：诗，大家读了，都又高兴，又称赞。《一年》比去年那首精练。里面有不少警句："光明和黑暗在你名字上交锋 / 庄严与无耻在你名字上对垒”，“你的名字像锋利的剑 / 刺中了敌人的要害。”，“你的名字有如进军的战鼓 / 激励我们向顽敌冲杀。”在《悼郭小川》中，“你包括一年四季，你就是自然。”“你喊出了祖国的声音。”当然，并不是十全十美。主要的缺点是，都没有写出这个人的“只能属于他们的东西”，就是写出不能属于一般颂歌，即使换了名字也可以看出写的“就是她”。显然，艾青认为蔡其矫的某些诗歌普遍性足矣，而特殊性尚有缺欠。

北岛 1977 年 11 月 30 日在信中谈对蔡诗印象：我喜欢您的宽广、奔放、舒展（这是一大特点），也喜欢您在某些细微之处的含蓄和分寸感。我喜欢这样的句子和段落：

对水藻是细语。
生活正应像你这样充满音响。
波浪呀！

完整有力，使整首诗在高峰中结束，因而充满了一种没有结束的动势。

还有如：

我听见它
当往日的呼喊变成低语
要是没有上滩的船
正在深岸底下经过
那竹篙抨击礁石的尖锐音响
使铁般的暗夜起了震动。

强烈的画面感。在整首诗里起到画龙点睛的作用。轻轻一笔，就把人带入潮湿而寂静的夜晚中了，我对这几句有一点特殊的偏爱。

不过，北岛也直言：但总的来说，您的句子要比整首诗给我留下的印象深得多，这是比较委婉的说法。如果尖锐一些，我有时感到您的结构过于松散，“诗眼”不够集中和凝练。这大概和您的风格有关。

舒婷于 1978 年 2 月 5 日信中说：振开（指北岛，编者注）列举你作品的特点都是技巧方面的。我觉得你的作品最突出的优点是感情热烈，饱满，爱得大胆，恨得痛切。不提《生命》，就说“圣者的血流在天堂上”，“敢于抛弃一切或者被一切抛弃”等，都不仅仅是句子的美，而是内在思想的披沥。我在读你的诗时总要想象你的神态。元旦晚会上听过你朗诵的年轻朋友都说，听你读诗对作品都增加了体会。这是真的，你的热情表现在多方面，在诗中当然尤其明显。而振开喜欢的句子，像“沿着一层层的记忆”，“铁的夜起了震动”，的确好。可是他们都带有一个影子，我们在哪里“似曾相识”。我想因为时代的关系，人们的眼界不开阔，像这一类东西觉得新鲜。倘若译诗的进口不再成为禁例，我想对这些句子的要求就更严格些了。当然，我完全认为你用得好。你是有文学修养的，不会在嫁接方面失败的。不过，是不是可以希望你在学习这些长处时，更注意它的手法、意思，而少注意它的成句。我也是冒昧了。但是振开既然可以“尖锐”些，我想我也许能放肆一点吧！

在中国当代诗史上，蔡其矫被视为一个异类。他依据自己的内心规范而建立起独特的诗歌体系，他的每一个诗歌创作分期与当时的诗歌潮流犹如主流与支流，分分合合，每一次以个体的身份汇入又再次主动分流，下一次的汇入则又带着新的诗歌写作风格和特点。就像刘登翰所说：蔡其矫的诗歌是现时态的诗歌。他的诗歌生命还在进行之中，历史对他尚未结束。如果说 20 世纪的历史已经记住他，但对他诗歌价值认识的历史，21世纪才刚开始。随着《蔡其矫全集》的问世，相信读者们能够在诗行的阅读中获得新的感悟和体认。

蔡三强

2017年10月15日